Miranda Lee

Enamorada de su tutor

W9-DAS-557

WITHDRAWN

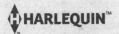

Editado por Harlequin Ibérica.
Una división de HarperCollins Ibérica, S.A.
Núñez de Balboa, 56
28001 Madrid

© 2008 Miranda Lee
© 2015 Harlequin Ibérica, una división de HarperCollins Ibérica, S.A.
Enamorada de su tutor, n.º 2416 - 23.9.15
Título original: The Guardian's Forbidden Mistress
Publicada originalmente por Mills & Boon®, Ltd., Londres.
Este título fue publicado originalmente en español en 2008

I.S.B.N.: 978-84-687-6241-8
Depósito legal: M-22123-2015
Impresión en CPI (Barcelona)
Fecha impresion para Argentina: 21.3.16
Distribuidor exclusivo para España: LOGISTA
Distribuidor para México: CODIPLYRSA
Distribuidores para Argentina: Interior, DGP, S.A. Alvarado 2118.
Cap. Fed./Buenos Aires y Gran Buenos Aires, VACCARO HNOS.

Prólogo

MÁS café?

Nick negó con la cabeza y dirigió una mirada especulativa al que una vez había sido su jefe y, desde hacía tiempo, era su mejor amigo.

Estaban sentados en la terraza de la magnífica mansión de de Ray, comiendo juntos, como siempre hacían cada vez que Nick volvía a Sidney.

Ray le había preguntado a Nick acerca del proyecto del complejo residencial que se traía entre manos y había parecido complacido cuando le dijo que iba a ser un negocio muy exitoso.

Pero Nick intuía que pasaba algo; siempre había sido muy intuitivo.

–¿Pasa algo, Ray?

–Nada concreto. Simplemente tengo el presentimiento de que no voy a seguir mucho tiempo con vida.

–¿Has ido al médico? –preguntó Nick, estupefacto ante aquella respuesta.

–Hace poco me hicieron una revisión y simplemente me dijeron que perdiera unos kilos y bebiera menos.

–Entonces ¿por qué te ha dado por pensar eso?

–Sé que algún día moriré y quiero estar preparado.

–Solo tienes sesenta y un años, Ray.

–De todas formas, he decidido rehacer mi testamento. Debería haberlo hecho cuando murió Jess, pero no me sentí con ánimos de hacerlo.

–Espero que no se te haya ocurrido dejarme nada, ¿verdad? –le avisó–. Ya has hecho mucho por mí, Ray.

Ray le había dado una educación y un trabajo cuando nadie lo habría hecho. Y además, le había enseñado todo lo relacionado con el mundo empresarial. Como colofón, le había dado la oportunidad de invertir en una película que se había convertido en una de las más exitosas de Australia. *La novia del desierto* les había dado mucho dinero a los dos.

–Pensé que tal vez quisieras el Rolls –le dijo Ray–. Sigue yendo estupendamente. Ya sé que ahora prefieres los coches deportivos, pero no hay nada como un Rolls-Royce.

Nick sonrió.

–De acuerdo, puedes dejarme el Rolls.

¡Cómo le gustaba ese coche! En su juventud, había pasado horas lavándolo y abrillantándolo, sintiéndose como un príncipe cuando estaba tras el volante. La única pega había sido el uniforme de chófer que había tenido que llevar. No le gustaba cómo le trataba la gente cuando iba de uniforme, como si fuera inferior a ellos, pero nunca se lo había dicho a Ray.

–Me gustaría nombrarte albacea de mi testamento. Si no te importa, claro.

–Por supuesto que no.

–Bien, también me gustaría que fueras el tutor legal de Sarah hasta que tenga veinticinco años.

Nick se puso tenso al oír esa petición, pero recordó que todo aquello era hipotético. Las posibilidades de que Ray muriera antes de cumplir los setenta eran remotas, pero si por alguna desafortunada razón ocurriera, él estaría en una posición muy incómoda.

Había estado evitando a la única hija de su amigo desde la comida de Navidad de hacía unos años. La adolescente desgarbada y larguirucha había desaparecido dando paso a una voluptuosa mujer de curvas sinuosas.

Hasta entonces, no había pensado que los ojos de Sarah fueran bonitos. Almendrados y de un color verde oscuro, enmarcados por unas espesas cejas, no le habían parecido nada especiales. Sin embargo, en aquellos momentos, con las cejas depiladas y maquillados, había pensado que tenían una fascinante belleza exótica.

Nada más mirarla, Nick había sentido un ataque de lujuria tal que le había hecho sentirse culpable. Y las cosas habían ido de mal en peor. Ella lo había acorralado bajo el muérdago y le había dado un beso inocente, pero la reacción de él al beso no había tenido nada de inocente. Había tenido que contenerse para no meter la lengua en su dulce boca.

Si ella hubiese sabido los lujuriosos pensamientos que poblaban su mente, no lo habría mirado con tal adoración.

A partir de entonces, él la había evitado; solo visitaba a Ray cuando sabía que ella estaba en el internado o el día de Navidad. Y en Navidades, siempre había llevado a alguna chica con él.

Nick dejó vagar su mirada en esos momentos por la piscina y un recuerdo de las últimas Navidades asaltó su mente. Sarah contoneándose al bajar las escaleras que llevaban a la piscina, ataviada con un minúsculo bikini verde esmeralda.

Él estaba solo en la piscina. Jasmine no había querido acompañarlo; no había querido mojarse el pelo.

Sarah no tenía esos remilgos. Se había lanzado de cabeza al agua y había aparecido al lado de él.

–¿Quieres que hagamos una carrera? –le había retado.

Aquello le había recordado las incontables veces que habían hecho eso cuando él había sido chófer y ella, una niña.

El problema era que ya no era una niña. Y él ya no era chófer. Él podía tener a cualquier mujer que quisiese, excepto a Sarah. ¡Pero, demonios, cómo la había deseado en esos momentos!

Había visto dolor en sus ojos cuando él, con una torpe excusa, había salido de la piscina.

No la había vuelto a ver desde entonces.

Pero tendría que verla a menudo si Ray moría y él se convertía en su tutor.

–No pareces muy complacido –dijo Ray–. Sé que es mucho pedir, pero…

–No es eso –le interrumpió Nick–. Sabes que haría cualquier cosa por ti. Simplemente me pregunto si soy la persona más adecuada.

–¿Por qué lo dices? ¿Porque no tienes experiencia como padre?

–¿No crees que Flora y Jim lo harían mejor?

El ama de llaves y su marido llevaban muchos años con Ray. Aunque no tenían hijos, seguramente serían mejores tutores que un ex chico malo.

–No estoy de acuerdo –le contestó Ray–. Ellos no son de la familia.

–Tampoco lo soy yo.

–Tú eres como un hijo para mí. Mira, sé exactamente qué es lo que te preocupa.

—¿De verdad?

—Habría que estar ciego y sordo para no ver que Sarah está encandilada contigo. Pero eso se le pasará una vez salga del internado y se enfrente al mundo real. Con lo guapa que es, seguro que va a tener un montón de jovencitos detrás de ella. No solo jovencitos, también hombres maduros. Hombres que no solo van a buscar satisfacer sus deseos carnales. Ahí es donde entra tu experiencia.

—No sé adónde quieres llegar —replicó Nick, luchando contra la punzada de celos que sintió al imaginar a Sarah con un hombre.

—Tú conoces el lado oscuro de la vida —insistió Ray—. Sabes lo que estarían dispuestos a hacer algunos hombres por poner sus manos en la fortuna que Sarah tendrá algún día.

Nik asintió.

—Ray, creo que estás preocupándote por nada. Probablemente vivirás hasta los cien años.

—Es posible, pero por si acaso, quiero asegurarme de que Sarah no reciba su herencia hasta los veinticinco. Todo lo que tendrá hasta entonces será dinero suficiente para pagar su educación, y esta asignación cesará una vez que consiga un empleo.

—¿No te parece un poco exagerado?

—No me parece bien que los adolescentes dispongan de grandes sumas de dinero. Sarah tiene que aprender que el dinero no crece en los árboles.

—¿Y la casa?

—Daré instrucciones para que tú puedas vivir aquí gratis hasta que la casa pase a ser de Sarah. Naturalmente, espero que la dejes vivir aquí si ese es su deseo.

—¿Te das cuenta de que Sarah puede impugnar un testamento de esas características?

–No lo hará. No, a menos que caiga en manos de un canalla. Tu tarea será proteger a mi hija de los canallas, de los cazafortunas, de los corruptos.

–Una tarea difícil.

–Tengo fe en ti.

–Se necesita a un ladrón para atrapar a otro ladrón. Es eso lo que piensas, ¿no?

–No me digas que todavía te consideras un canalla, Nick.

–Puedes sacar a un niño de la calle, pero no la calle del niño.

–No eres un niño, eres un hombre, un buen hombre, y estoy muy orgulloso de ti.

–Me gustaría que dejáramos de hablar como si te fueras a morir en cualquier momento. Te quedan muchos años de vida.

–Pero, por si acaso, prométeme que cuidarás de mi hija hasta que cumpla veinticinco años.

Nick se lo prometió. Solo esperaba no tener que cumplir su promesa.

Solo hacía tres semanas que Nick había regresado a Happy Island cuando le llamó el ama de llaves de Ray. Entre sollozos, Flora le comunicó que Ray había muerto la noche anterior.

–Ven a casa, Nick. Sé que tú eres el albacea de su testamento y el tutor de Sarah. Él me lo dijo.

Nick cerró los ojos. Una extraña mezcla de emociones lo asaltó. Conmoción, tristeza, frustración…

–Sarah te necesita, Nick –añadió Flora–. No tiene a nadie más.

Aquello era verdad. Ray y Jess habían tenido solo una hija después de años intentando tener descendencia. Sus abuelos habían muerto. Ray había sido hijo único y Jess solo tenía un hermano, la oveja negra de la familia que solo aparecía cuando necesitaba dinero. Ni siquiera había acudido al funeral de su hermana.

–La pobre está destrozada.

–Iré ahora mismo para allá. ¿Sarah sigue en el internado?

–Sí.

–Pues que se quede allí hasta que yo llegue.

–Dios te bendiga, Nick.

A partir de aquel momento, iba a necesitar, y mucho, la ayuda de Dios.

Ray le había pedido que protegiera a Sarah de los canallas. ¡Y él estaba incluido en esa categoría!

Capítulo 1

Siete años después…

Sarah observaba con expresión ceñuda a Derek, que en ese momento avanzaba despacio hacia ella por el atestado bar con una copa de champán en cada mano.

En el rato que habían tardado en servirle, Sarah había empezado a preguntarse si no habría hecho mal aceptando la invitación de Derek a tomar una copa con él por Navidad.

Sarah se consoló pensando que en los seis meses que Derek llevaba siendo su entrenador personal, jamás se le había insinuado, ni se había pasado de la raya.

Pero en ese momento, mientras le pasaba la copa de champán y se sentaba frente a ella, Sarah percibió un brillo especial en su mirada.

–Es muy amable por tu parte –comentó ella con cuidado.

Sarah se sintió mal cuando él le sonrió de oreja a oreja.

–Soy amable, Sarah –dijo él–. Y no, no estoy tratando de flirtear contigo.

–No lo había pensado –mintió ella antes de probar el champán.

–Sí que lo has pensado.

–Bueno...

Derek se echó a reír.

–Esta copa es para celebrar todo el trabajo que has hecho. Pero por favor ten cuidado durante las navidades. No quiero que llegues a finales de enero con la misma figura de hace seis meses.

Sarah hizo una mueca al recordarlo y dejó la copa sobre la mesa.

–He reflexionado mucho estos meses pasados, mientras tú has estado ejercitando mis carnes fofas; y por fin he conseguido reconocer por qué comía descontroladamente.

–Dime cómo se llama, entonces.

–¿Quién?

–La razón que hay detrás de esa manera de comer.

Sarah sonrió.

–Eres un hombre muy intuitivo, Derek.

Derek se encogió de hombros.

–Es lo lógico. Los gays somos muy comprensivos con los asuntos del corazón.

Sarah estuvo a punto de verter el champán del susto que se llevó.

–No lo sospechabas en absoluto, ¿verdad? –añadió él.

Sarah lo miró con los ojos como platos.

–¡En absoluto!

–No me gustan los hombres que van exhibiendo sus preferencias sexuales, que hablan de ello continuamente o que son muy amanerados.

Incluso sabiendo la verdad, Sarah no era capaz de detectar nada claramente gay en Derek. Ni tampoco el resto de las mujeres que entrenaba con él en el gimnasio, a juzgar por las conversaciones que había oído en los vestuarios femeninos. La mayoría de las chicas pensaba que era un donjuán.

Aunque a Sarah le parecía atractivo, ya que tenía unos bonitos ojos azules, un cuerpo impresionante y un bonito bronceado, nunca le habían gustado los hombres rubios.

–Y ahora que ya sabes que no voy detrás de ti –continuó Derek–, ¿qué tal si respondes a mi pregunta de antes? ¿O no quieres hablar de tu vida amorosa?

Sarah se tuvo que reír.

–No tengo vida amorosa.

–¿Cómo, nada de nada?

–Este año no.

Había tenido novios en el pasado, tanto en la universidad como después; pero con todos terminaba mal cuando los llevaba a casa a conocer a Nick.

En comparación con Nick, el novio de turno siempre le parecía mediocre. Una y otra vez, Sarah se daba cuenta con toda claridad de que deseaba a Nick mucho más de lo que deseaba a los demás hombres. Por su parte, Nick poseía la habilidad de hacer comentarios que la llevaban a cuestionarse si su novio de turno estaba interesado en ella o en su futura herencia.

Sin embargo Sarah no imaginaba que Nick pudiera obstaculizar sus relaciones por razón personal alguna. Eso significaría que le importaba con quién salía. Y estaba claro que no le importaba. Nick le había dejado muy claro, demasiado claro, que su tarea le parecía muy ingrata, y que solo la toleraba por afecto y gratitud hacia su padre.

Él se ocupaba de su bienestar; pero desde un principio había aprovechado cualquier oportunidad para enviar a Sarah con otras personas y librarse un poco de sus responsabilidades.

Las primeras Navidades después de terminar el instituto, él la había enviado a pasar unas largas vacaciones en el extranjero con una amiga y su familia. Después, se había ocupado de que viviera en el campus durante sus años de universidad en los que se había especializado en educación infantil. Cuando ella había conseguido un puesto en un colegio de la zona residencial al oeste de Sidney, él la había animado a alquilar una casita cerca del colegio, diciendo que el trayecto diario en coche desde Parramatta a Point Piper era demasiado largo.

Sarah tenía que reconocer que era verdad, y por eso había hecho lo que él le había sugerido. Sin embargo, ella siempre había sospechado que detrás de todo aquello estaba el hecho de que Nick quería que ella pasara el mayor tiempo posible fuera de casa para así poder tener mayor libertad de movimientos. Tenerla dos cuartos más allá del suyo sin duda limitaría su libertad de acción.

Nick cambiaba de novia como quien se cambia de camisa.

Cada vez que Sarah volvía a casa, Nick tenía una novia distinta colgada del brazo; cada una más bella que la anterior.

Sarah detestaba verlo con todas ellas.

El último año, Sarah había restringido sus visitas y solo iba en Pascua y en Navidad, además de las vacaciones de invierno, durante las cuales Nick siempre había estado fuera, esquiando. Ese año llevaba sin ir a casa desde Pascua, y Nick no se había quejado; más bien había aceptado de buena gana sus muchas y variadas excusas. Cuando llegara a casa al día siguiente, el día de Nochebuena, haría nueve meses que Nick y ella no se veían.

Solo de pensarlo Sarah se puso nerviosa. «¡Pero qué estúpida soy!», se reprochaba. «Nada cambiará jamás».

Había llegado la hora de enfrentarse a la amarga verdad; de dejar de rezar para que ocurriera el milagro.

—Se llama Nick Coleman —respondió Sarah con naturalidad—. Ha sido mi tutor legal desde que tenía dieciséis años; y desde que a los ocho años perdí la cabeza por él, no la he vuelto a recuperar.

Se negaba a llamarlo amor. ¿Cómo podía estar enamorada de un hombre como Nick? Él había prosperado en los negocios, pero también se había convertido en un mujeriego.

A veces Sarah se preguntaba si se habría imaginado que él había sido amable y bueno con ella cuando ella era una niña.

—¿Has dicho ocho? —le preguntó Derek.

—Sí. Entró a trabajar de chófer de mi padre cuando yo tenía ocho años.

—¡Era su chófer!

—Es una larga historia. Pero no fue Nick el causante de mi obsesión con la comida. Fue su novia.

Esa que no le había dejado ni a sol ni a sombra las Navidades pasadas; una bella y esbelta modelo en cuya presencia Sarah se había sentido inferior.

Ya durante aquellas Navidades Sarah se había consolado comiendo. Entre Navidad y Pascua, cuando Sarah había vuelto a casa, había engordado diez kilos. Cuando la había visto Nick se había quedado boquiabierto, seguramente del susto, pero no había dicho nada. Su nueva novia, una impresionante pero igualmente delgada actriz, no había sido tan discreta y enseguida había hecho un comentario socarrón sobre el aumento de la obesidad en Australia. Consecuentemente, a finales de mayo Sarah había engordado cinco kilos más.

Un día Sarah había visto una fotografía del colegio que le había hecho reflexionar; y finalmente había buscado la ayuda de Derek.

Y allí estaba, con una figura esbelta y la autoestima por las nubes.

—O más bien sus dos novias —añadió Sarah.

Pasó a darle más detalles de la relación con su tutor, aparte de las circunstancias que la habían animado a apuntarse al gimnasio.

—Sorprendente —comentó Derek cuando ella terminó de contarle.

—¿Qué es lo que te parece tan sorprendente? ¿Que estuviera tan gorda?

—Nunca estuviste gorda, Sarah. Solo te sobraban un par de kilos y te faltaba un poco de tono muscular. No, me refería a lo de tu herencia; porque tú no te comportas como una de esas niñas ricas.

—Es porque no lo soy. Al menos hasta que cumpla veinticinco. Durante años, tuve todos los gastos cubiertos, pero en cuanto terminé los estudios y pude ganarme la vida, tuve que mantenerme o morirme de hambre. Al principio me senté un poco mal, pero finalmente entendí la postura de mi padre. Los regalos nunca le hicieron ningún bien a nadie.

—Eso depende. ¿Entonces este Nick vive en la casa de tu familia sin pagar alquiler?

—Bueno, sí... En el testamento de mi padre decía que podía hacerlo.

—Hasta que tú cumplas veinticinco.

–Sí.

–¿Y cuándo será eso, exactamente?

–Bueno, en febrero. El dos.

–Y supongo que entonces echarás a esa sanguijuela de tu casa y le dirás que no quieres volver a verlo.

De momento Sarah pestañeó, pero al instante se echó a reír.

–Estás totalmente equivocado, Derek. Nick no necesita vivir sin pagar el alquiler. Él tiene mucho dinero propio. Podría comprarse su propia mansión si quisiera.

En realidad, había querido comprarle la suya, pero ella había rechazado la oferta.

Sarah sabía que la casa era demasiado grande para una chica soltera, pero era lo único que le quedaba de sus padres y, sencillamente, no quería deshacerse de ella.

–¿Y cómo es que este Nick tiene tanto dinero? –preguntó Derek–. Has dicho que era el chófer de tu padre, ¿no?

–Era, tú lo has dicho. Mi padre lo acogió bajo su protección y le enseñó a hacer dinero, tanto en la Bolsa como en el mundo de los negocios. Nick tuvo mucha suerte de tener a un hombre como mi padre como mentor.

Sarah pensó en hablarle de la buena suerte de Nick con *La novia del desierto*, pero decidió no hacerlo. Tal vez porque si lo hacía parecería como si Nick no hubiera conseguido el éxito en los negocios con el sudor de su frente.

–¿Has estado alguna vez de vacaciones en Happy Island? –le preguntó ella.

–No. Pero he oído hablar de ese sitio.

–Nick tomó dinero prestado y compró Happy Island cuando estaba tirada de precio. Supervisó personalmente la remodelación de un enorme complejo turístico que estaba totalmente abandonado, y construyó también un aeropuerto. Al final vendió todo a una empresa multinacional por una fortuna.

–Un hombre afortunado.

–Papá decía siempre que la suerte empieza y termina con mucho trabajo. Siempre le dijo a Nick que nunca se haría rico trabajando para otro.

Por esa razón Nick había montado su propia empresa de producciones cinematográficas hacía ya un par de años. Desde un principio había tenido éxito, pero nada como el conseguido con *La novia del desierto*.

–En eso tu padre tenía razón –dijo Derek–. Cuando yo tenía jefe, lo detestaba. Por eso monté mi propio gimnasio.

–¿Tú eres el dueño de The New You?

Derek la miró asombrada.

–No me digas que tampoco sabías eso.

–No.

Él sonrió, mostrando una fila de dientes blancos.

–Desde luego no parece que te guste cotillear.

–Lo siento –se disculpó Sarah–. A veces soy así. Soy un poco solitaria, no sé si te has dado cuenta –añadió con una sonrisa de pesar–. No hago amistades con facilidad. Supongo que es por ser hija única.

–Yo también lo soy –confesó él–. Y por eso es muy duro para mis padres que yo sea gay. No pueden ilusionarse con tener nietos. Se lo conté hace un par de años, cuando mamá no dejaba de presionarme para que me casara. Mi padre no ha vuelto a dirigirme la palabra –añadió Derek con evidente pesar.

–¡Qué pena! –dijo Sarah–. ¿Y tu madre?

–Ella me llama, pero no me deja ir a casa; ni siquiera en Navidad.

–Ay, Dios mío. Tal vez lo acepten con el tiempo.

–Tal vez. Pero no tengo muchas esperanzas. Mi padre es un hombre muy orgulloso y testarudo. Cuando dice algo, no suele echarse atrás. Pero volvamos a ti, cariño. Dime... entonces estás loca por ese tal Nick, ¿no?

A Sarah se le encogió el corazón.

–Loca describe mis sentimientos hacia Nick de maravilla. Cuando estoy con él, no puedo dejar de mirarlo. Pero yo no le gusto a él, y nunca le gustaré. Es hora de que lo acepte.

–Pero no lo harás hasta que no lo intentes por última vez.

–¿Cómo?

–No has estado sudando tinta porque una modelo con anorexia te dijera que estabas gorda, cariño. Es a Nick a quien tienes que impresionar, y por supuesto atraer.

Sarah no quería reconocerlo abiertamente, pero Derek tenía razón. Haría cualquier cosa para que Nick la mirara con deseo. ¡Cualquier cosa! Aunque solo fuera una vez...

No. Sería más propio decir otra vez. Porque estaba bastante segura de que había visto deseo en su mirada cuando ella tenía dieciséis años, unas Navidades que había bajado a la piscina con un bikini diminuto que se había comprado pensando en Nick.

Aunque a lo mejor se lo había imaginado. A lo mejor la desesperación por creer que ese día ella le había gustado un poco la había llevado a imaginar esas miradas. Las fantasías eran típicas de las adolescentes... aunque también de las jóvenes de veinticuatro. Por esa misma razón Sarah llevaba toda esa semana comprándose la clase de ropa de verano que le despertaría las hormonas a un octogenario.

Solo que Nick no era un octogenario. Era un hombre de treinta y seis años que tenía sus necesidades bien atendidas. Sarah ya sabía que él se había librado de su novia la actriz, y que la había sustituido por una ejecutiva publicitaria.

Aunque Sarah llevaba bastantes meses sin ir por casa, había llamado todas las semanas para hablar con Flora, que siempre le informaba bien de las idas y venidas de Nick antes de pasarle la llamada a él. Eso si estaba en casa. Nick era un hombre con una intensa vida social que tenía muchas amistades, o contactos, como él prefería llamarlos, y salía a menudo.

—Supongo que pasarás las vacaciones de Navidad en casa —las palabras de Derek interrumpieron sus pensamientos.

—Sí —suspiró ella—. Suelo volver a casa en cuanto terminan las clases. Este año me estoy retrasando. Pero mañana tengo que aparecer por casa para decorar el árbol de Navidad. Si no lo hago yo, nadie lo hace. Luego ayudo a Flora a preparar todo para el día siguiente. La comida la suele servir un catering, pero a Flora también le gusta preparar algunas cosas. Flora es el ama de llaves —añadió al ver que Derek fruncía el ceño—. Lleva años con la familia.

—Te confieso que no imaginaba a Nick con una novia que se llamara Flora.

—En eso tienes razón. Las novias de Nick siempre tienen nombres como Jasmine, Sapphire o Chloe.

Así se llamaba la última, Chloe.

—Y no solo eso —continuó Sarah en tono mordaz—

; lo peor es que nunca ayudan a hacer nada. Siempre bajan al salón en el último momento con las uñas perfectamente arregladas y nada de apetito.

—Mmm —dijo Derek.

Sarah hizo una mueca.

—Supongo que estarás pensando que me voy a disgustar y voy a ponerme a comer como una cerda.

—Por lo que me cuentas parece bastante probable. Se me está ocurriendo que lo que necesitas es tener a alguien a tu lado en la comida de Navidad. Tienes que llevar a un novio.

—¡Ya! He llevado a novios a la comida de Navidad otras veces —dijo Sarah en tono seco—. Y a Nick le falta tiempo para calificarlos como tontos o cazafortunas.

—A lo mejor era verdad; pero imagino que también eran demasiado jóvenes y estarían nerviosos en ese momento. Lo que necesitas es ir con alguien más mayor, alguien apuesto y con estilo, un hombre próspero y sofisticado que no se inmute con nada de lo que diga o haga el playboy de tu tutor. En resumen, alguien que va a conseguir que el objeto de tu deseo se espabile y se fije en ti.

—Me gusta la idea, Derek. En teoría. Porque aunque ahora esté más guapa y esbelta, no creo que pueda hacerme con la clase de novio que acabas de describir en tan pocas horas. Solo quedan dos días para Navidad.

—En ese caso, deja que te eche una mano. Porque conozco a una persona que no tiene adónde ir el día de Navidad y a quien le encantaría ayudarte.

—¿De verdad? ¿Quién es?

—Lo tienes delante.

Sarah pestañeó y luego se echó a reír.

–Estás de broma. ¿Cómo podrías ser mi novio, Derek? ¡Eres gay!

–Eso no lo sabías hasta que no te lo he dicho yo –le recordó él–. Tu Nick tampoco se dará cuenta, sobre todo si me presentas como tu novio. En general, la gente cree lo que se le dice.

Sarah miró a Derek con interés. Tenía razón. ¿Por qué Nick, u otra persona en la comida, iba a sospechar que Derek era gay? Él no lo parecía.

–¿Qué te parece, entonces? –le preguntó Derek con un brillo de malicia en la mirada–. Confía en mí cuando te digo que nada estimula más el interés de un hombre por una mujer como el interés de otro hombre por esa mujer.

Sarah vaciló.

–¿De qué tienes miedo? –quiso saber Derek–. ¿De que te salga bien?

–¡Claro que no!

–¿Y qué tienes que perder?

–Nada en absoluto –respondió Sarah, que de pronto estaba emocionada.

Por lo menos no se sentiría sola, como le pasaba a menudo en Navidad; sobre todo durante la temida comida.

Ese año no solo estaría en mejor forma física que nunca, sino que también tendría a su lado a un hombre muy guapo.

–De acuerdo –dijo Sarah, inesperadamente emocionada–. Aceptado.

Capítulo 2

LA actitud positiva de Sarah le duró hasta que a la mañana siguiente aparcó el coche en el camino de entrada de su casa y vio el deportivo rojo de Nick estacionado fuera de los garajes.

–¡Qué raro! –murmuró mientras apretaba el botón del control remoto para abrir las puertas electrónicas.

Había supuesto que Nick estaría fuera jugando al golf, como siempre solía hacer los sábados, lloviera, nevara o hiciera sol. ¡Incluso la víspera del día de Navidad!

De haber sabido que Nick estaría en casa, se habría puesto uno de los bonitos vestidos de verano que se había comprado, seguramente el blanco y negro atado al cuello que dejaba al descubierto sus hombros esbeltos y sus brazos bien formados. A Nick le gustaban las mujeres muy arregladas, pero ella se había vestido con vaqueros y un top amarillo, pensando en que iba a decorar el árbol de Navidad.

Pero con un poco de suerte a lo mejor podía subir a su dormitorio sin que nadie la viera y cambiarse antes de encontrarse con Nick. Después de todo, era una casa enorme.

Como estaba construida sobre un terreno en pendiente, desde la carretera parecía como si la casa tuviera dos pisos, cuando en realidad había otro piso bajo en la parte de atrás donde la arquitectura había incorporado mucho cristal para aprovechar las vistas al puerto.

No había muchas habitaciones en la casa que no dieran al puerto de Sidney; y en la distancia también se veían el puente y el teatro de la ópera. Los dormitorios del piso superior tenían cada uno su balcón con vistas al puerto, y la terraza del dormitorio principal era lo suficientemente amplia como para colocar una mesa y sillas.

Pero las mejores vistas se disfrutaban desde la terraza de atrás; y por eso siempre se celebraba allí la comida de Navidad. Solo en una ocasión, cuando las temperaturas habían rondado los cuarenta grados, habían hecho la comida de Navidad dentro, en el salón comedor, que era la única habitación lo suficientemente grande como para acomodar a todos los invitados que acudían cada Navidad a Goldmine, que así se llamaba la casa.

La tradición la habían iniciado los padres de Sarah poco después de comprar la casa, hacía casi treinta años; una tradición que su padre había continuado tras la muerte de su esposa y que Nick parecía también contento de seguir en los años que llevaba viviendo allí.

Sarah pensó con cinismo que la mayoría de los invitados a la mesa del día siguiente serían personas con las que Nick hacía negocios, valiosos contactos cuya prioridad era el dinero.

No se ilusionaba pensando que Nick fuera distinto a las personas con las que se mezclaba. Le gustaba el dinero tanto como a ellos, si no más.

Sarah pensó en lo que Derek le había dicho la noche anterior de que Nick se aprovechaba de vivir en Goldmine sin pagar alquiler; y aunque ella le había defendido, tenía que reconocer que vivir en Goldmine era una gran ventaja a nivel social. No tanto por su tamaño, ya que algunas de las casas vecinas eran igual o más grandes que esa, sino por su emplazamiento. No le cabía la menor duda que vivir en aquel domicilio había beneficiado enormemente a Nick en los negocios; y que por eso quería comprarle la casa.

Finalmente se abrieron las puertas y Sarah entró y aparcó el coche junto al de Nick. ¡Qué extraño que no hubiera ido a jugar al golf ese día! Eso le llevó a pensar en el regalo de Navidad que le había comprado: un juego de palos de golf en miniatura hechos en plata y ébano, con una bolsa de cuero rojo. Lo había comprado en eBay y le había costado varios cientos de dólares, que era más de lo que solía gastarse en él.

Nada más verlo, había sabido que a Nick le encantaría. ¿Pero no le extrañaría un poco que ella se hubiera gastado tanto dinero en él?

Esperaba que no.

Sarah hizo una mueca de contrariedad cuando se dio cuenta de que a Nick podría extrañarle mucho más que ella no le hubiera comprado nada a su nuevo novio. Derek y ella habían hablado de la hora a la que debía llegar al día siguiente y sobre qué ropa ponerse, pero no habían pensado en los regalos.

Sarah suspiró, cada vez más desanimada por todo aquel tinglado; aunque era consciente de que no debía darle demasiada importancia. ¿Por qué de pronto Nick se iba a fijar en ella, después de tanto tiempo? Se había arreglado para él otras veces, sin resultado alguno.

Estaba claro que ella no era su tipo. Ni siquiera con la figura que se le había quedado sería parecería o actuaría como la clase de novias que Nick solía tener: no solo delgadas, sino también chics y sofisticadas.

A Nick no le pegaba nada una profesora de escuela infantil, aunque fuera a heredar una gran fortuna. Si acaso, aquello actuaría en detrimento suyo. En el fondo Nick no quería que nada ni nadie le recordara cómo habían sido sus comienzos, ni que ella lo hubiera conocido cuando él era un don nadie.

Con cada novia que tenía, Nick pasaba página. Sarah estaba segura de que no le habría contado a su novia Chloe que había estado en la cárcel; o que el padre de la joven a su cargo había sido su benefactor. Estaba segura de que Nick siempre presentaba a su padre como un amigo de toda la vida como explicación a la razón por la cual ella estaba a su cargo.

Sarah aceptó aquellos pensamientos con una mezcla de emociones. Por una parte se sentía decepcionada, pero por otra aliviada porque se daba cuenta de que era una tontería creer que esas Navidades pudiera suscitar el interés de Nick. Eso no iba a ocurrir.

Y con eso en mente empezó a relajarse un poco. Daba lo mismo lo que llevara puesto. Ya podía tranquilizarse y actuar con naturalidad delante de Nick, algo que no habría hecho con los ridículos planes anteriores.

Sarah habría llamado a Derek para decirle que no hacía falta que fuera al día siguiente si no le hubiera dicho ya a Flora que pusieran un cubierto más en la mesa de Navidad para su novio. Aunque Nick no había estado en casa cuando se lo había contado, Sarah estaba segura de que Flora se lo habría contado esa mañana durante el desayuno. Flora era una mujer estupenda, pero bastante dada al chismorreo.

Solo quedaba continuar con aquella charada.

—Seguro que mañana me alegraré de todo esto —murmuraba Sarah en voz baja al salir del coche.

Por lo que le había comentado Flora, la nueva novia de Nick, Chloe, debía de ser una bruja.

—Es tan mona como la anterior —le había dicho Flora después de decirle que era una creída—, solo que más inteligente. ¡Y cómo presume de ello! Pero sé que no va a durar más que las demás; nuestro Nick no supera los seis meses. Si ese chico sienta la cabeza algún día, me meto a monja.

Sarah hizo una mueca mientras sacaba las dos pesadas maletas del maletero del coche. Ella haría lo mismo.

Nick no era de los que se casaban, eso estaba muy claro; y tampoco le iba el romanticismo. Satisfacer sus necesidades sexuales era su juego en lo que se refería a las mujeres.

Una vez le había reconocido a Sarah, cuando ella tenía unos doce años y acababan de ver una película romántica en la tele, que jamás podría enamorarse como los personajes de aquella historia. Le había confesado con tristeza que no tenía ni idea de lo que era sentir esa clase de amor.

Sarah presumía que su incapacidad para amar a las mujeres estaba relacionada con haberse criado en un hogar sin amor, un tema que había oído discutir a sus padres poco antes de morir su madre. Aparentemente, Nick había sufrido muchísimo a manos de un padre alcohólico y violento y se había escapado de casa para vivir en las calles de Sidney cuando solo tenía trece años. Después de esto, había tenido que hacer algunas cosas horribles para sobrevivir.

Sarah jamás se había enterado del grado de violencia de esas cosas, pero se las imaginaba.

Justo después de cumplir dieciocho años, Nick había pasado dos años en la cárcel por robar coches.

Durante ese tiempo Nick había conocido por fin lo que era la bondad y que alguien lo ayudara un poco. Un hombre había descubierto su inteligencia, su capacidad, un hombre que durante años había dedicado generosamente muchas horas a ayudar a los menos favorecidos.

Nick entró a formar parte de un programa especial de reinserción que ese hombre había fundado. Enseguida se había convertido en uno de los alumnos más brillantes y conseguido completar sus estudios superiores en un tiempo récord.

Ese hombre que había ayudado a Nick había sido su padre.

—¡Sarah!

Sarah estuvo a punto de caerse del susto; pero al ver quién era, sonrió.

—Hola Jim, qué bien te veo.

El marido de Flora debía de tener más de sesenta años ya, pero era uno de esos hombres atléticos que se movía siempre con agilidad y por el que los años no parecían pasar.

—¿Traes mucho equipaje, Sarah? —el hombre se acercó al maletero—. Vienes para quedarte, ¿verdad?

—Todavía no, Jim. ¿Me has conseguido un buen árbol?

—Sí, una preciosidad. Lo he colocado en el sitio de siempre en el salón. También he puesto los paquetes para decorar alrededor y he colgado las luces en la terraza de atrás.

–Estupendo. Gracias, Jim.

Jim asintió. A diferencia de su esposa, él no era un hombre muy hablador. Cuidaba maravillosamente de los extensos jardines de Goldmine, donde había muchos caminos y grupos de rocas, combinados con estanques y fuentes, estratégicamente colocados entre los árboles y las diferentes plantas.

Recogió las maletas de Sarah sin que ella se lo pidiera y echó a andar por el camino que llevaba al porche delantero, fastidiándole a Sarah el plan de colarse por los garajes sin que nadie la viera.

Para ser sincera, a Sarah le habría gustado de todos modos cambiarse antes de que la viera Nick. Habría sido agradable ver la cara de sorpresa de su tutor.

Suspiró, cerró el coche y se apresuró por el camino para alcanzar a Jim, que ya había dejado las maletas a la puerta y en ese momento llamaba al timbre.

–Tengo llaves –dijo Sarah.

Sarah metió la mano en el bolso, pero en ese momento alguien abrió la puerta. Era Nick.

Sarah se alegró de llevar puestas las gafas de sol; y no por la reacción de Nick al verla, sino por su reacción al verlo a él.

Tan preocupada había estado pensando en su propia apariencia que se había olvidado de lo atractivo que siempre le había parecido Nick; sobre todo con la poca ropa como llevaba en ese momento: unos pantalones cortos y una camiseta blanca sin mangas que destacaba su precioso bronceado.

Sarah paseó la mirada oculta tras las lentes oscuras por su cuerpo, hasta regresar a sus labios.

De no haber tenido unos ojos tan negros y unas facciones tan duras, los labios le habrían dado el aspecto de un niño bonito, ya que eran carnosos y sensuales.

Lo único que a Sarah no le gustaba demasiado era que llevara el pelo tan corto; pero entendía que aquel estilo de pelo le daba un aire de imposición que seguramente le sería muy útil en el mundo de los negocios en el que se movía.

–Vaya... Hola, desconocida –Nick la miró de arriba abajo.

Pero Nick no reacción en modo alguno aparte de eso; en su expresión no había ni rastro de admiración, ni siquiera de sorpresa.

Esa falta de reacción exasperó a Sarah, que había esperado al menos algo por parte de Nick. ¿Qué tenía que hacer para que aquel hombre se fijara en ella?

–Gracias, Jim –se agachó a recoger las maletas–. Ya me ocupo yo.

Cuando Jim asintió y se dio la vuelta, Nick ya le había metido las maletas en casa.

Sarah tuvo ganas de darle un grito o una patada, pero se contuvo. Se dijo que estaba a punto de cumplir veinticinco años; que cuanto antes echara a Nick de su vida, mejor. Era como una espina que llevaba clavada. ¿Cómo podía conseguir lo que más deseaba en la vida, que era tener hijos, si él estaba siempre allí, fastidiándole todo? ¿Cómo iba a sentirse feliz si siempre lo comparaba con los demás hombres con los que salía?

Sarah ahogó un suspiro mientras cerraba la puerta, y vio que Nick se dirigía a las escaleras.

–Ya las subo yo.

Necesitaba estar a solas un momento para recuperar la compostura.

Aunque hacía tiempo que sabía que sus sentimientos hacia Nick no tenían futuro, enfrentarse por
fin a la inutilidad de sus fantasías era una experiencia dolorosa.

¿De qué le había servido esforzarse tanto en el
gimnasio? ¡Él ni siquiera se había dado cuenta de
que había perdido peso!

–No me importa hacerlo –respondió él mientras
se echaba una de las bolsas al hombro y continuaba
escaleras arriba.

Sarah apretó los dientes y lo siguió.

–¿Por qué no estás jugando al golf?

–Quería hablar contigo –respondió él–. En privado.

–¿Sobre qué?

Él no respondió y continuó subiendo.

–¿Sobre qué, Nick? –repitió ella cuando lo alcanzó.

Él se detuvo en el rellano del primer piso, dejó
las bolsas en el suelo y se volvió hacia ella.

–Para empezar, de Flora.

–¿Qué le pasa? No estará enferma, ¿verdad?

–No, pero ya no puede hacer lo que hacía antes;
se cansa mucho. Este último año, he tenido que con-
tratar los servicios de limpieza de una agencia para
que vinieran dos veces por semana e hicieran las tareas más pesadas por ella.

–No lo sabía.

–Si vinieras a casa de vez en cuando –señaló
Nick–, a lo mejor te habrías dado cuenta.

Era un comentario lógico, que la hizo sentirse
culpable. Sarah reconoció que ese año había estado
muy obsesionada consigo misma, muy ocupada con
su empeño de perder peso y hacer ejercicio.

–Yo... he estado muy ocupada –se excusó.

–Con el novio nuevo, imagino –comentó él en tono sarcástico.

Sarah se puso tensa.

–Tengo derecho a tener vida social –se quitó las gafas y lo miró con rabia–. Tú desde luego la tienes.

–Desde luego. Pero no domina mi existencia.

Aquella actitud de condena en Nick en lo referente a los novios de Sarah siempre provocaba en ella una reacción de rebeldía.

–Derek y yo estamos muy enamorados; algo con lo que tú jamás podrás identificarte. Cuando una persona está verdaderamente enamorada, quiere pasar todo el día con el objeto de su amor.

–Me sorprende entonces que hayas venido a casa –respondió Nick en tono seco–. ¿O acaso tu amante se pasará luego?

–Derek trabaja hoy –respondió Sarah enfadada.

–¿Haciendo el qué?

–Es dueño de un gimnasio.

–Ah, eso lo explica todo.

–¿Qué es lo que explica?

–Tu nueva figura.

¡Se había fijado!

–Lo dices como si eso tuviera algo de malo.

–Estabas bien como estabas.

Sarah se quedó boquiabierta.

–¡No me digas tonterías! Estaba engordando.

–¡Qué ridiculez, Sarah!

Sarah volteó los ojos. O bien Nick estaba ciego, o le importaba tan poco que ni siquiera se había fijado antes en ella.

–A lo mejor tú no te habías fijado.

Nick se encogió de hombros con brusquedad.

–A lo mejor no. Aun así, supongo que yo no tengo por qué decirte lo que tienes que hacer.

–¡Me alegro de que por fin te hayas dado cuenta!

–¿Qué quieres decir con eso?

–He perdido la cuenta ya del número de veces que te has metido en mi vida, en mis relaciones. Cada vez que traía un novio a casa, tú hacías todo lo posible para hacer que se sintiera mal. Y de rebote a mí.

–Solo hice lo que tu padre me pidió que hiciera; que fue protegerte de los avariciosos de este mundo.

–¡No eran avariciosos!

–Desde luego que lo eran.

–A partir de ahora, seré yo quien juzgue eso, muchas gracias.

–Hasta que no cumplas veinticinco no, señorita. No tengo intención de dejar que caigas en las redes de algún gigoló que vaya detrás de tu herencia. No podría dormir por las noches si lo hiciera.

–Vaya. No te imagino pasando las noches en vela por mi causa.

–Entonces te equivocas completamente –soltó él en tono áspero.

Cuando se miraron a los ojos, Sarah se sorprendió bastante al ver la rabia en la mirada de Nick. ¡Cuánto le había pesado ser su protector todos esos años! Estaba segura de que se alegraría muchísimo cuando ella cumpliera veinticinco en poco más de un mes, y la obligación con su padre dejara de existir.

–No te he dado muchos problemas, ¿no? –le dijo ella en tono bajo, más desanimada.

Aunque aceptaba que jamás atraería a Nick, siempre había pensado que, en el fondo, ella le gustaba. No solo por ser hija de quien era, sino por ella misma. Cuando era más pequeña, él a menudo le había dicho lo encantadora que era. Nick le había dicho que tenía temperamento y buen corazón, también que era divertida, algo que había demostrado pasando buena parte de su tiempo libre con ella.

Pero eso había sido hacía mucho tiempo, antes de que Nick hubiera alcanzado el éxito en sus negocios. A partir de entonces, había empezado a ignorarla; y después de morir su padre, esa actitud hacia ella se había afianzado del todo. Estaba claro que en ese momento solo había quedado reducida a una mera responsabilidad; una responsabilidad que obviamente le resultaba tediosa y exasperante.

–¿Sabe él lo rica que vas a ser dentro de muy poco? –quiso saber Nick.

Sarah se puso tensa. Sin embargo, no tenía sentido mentir. Mejor sería responder a sus preguntas en ese momento que dejar que le hiciera el tercer grado a Derek en la comida de Navidad.

–Él sabe que voy a ser rica –soltó ella enfadada–. Pero no conoce el volumen de mi herencia.

–Lo sabrá en cuanto aparezca mañana. La gente que vive en esta calle tiene que ser por lo menos multimillonaria. No le costará sumar dos y dos.

–Derek no es un cazafortunas, Nick. Es un hombre honrado.

–¿Cómo lo sabes?

–Lo sé, así sin más.

–¡Dios mío, tú no sabes nada! –dijo él–. Tu padre pensó que te protegía con su testamento. Sin embargo solo te ha abocado al desastre. Debería haber regalado la mayor parte de su dinero, haberlo donado a alguna institución benéfica, en lugar de dejarlo en manos de una chica como tú.

–¿Qué quieres decir con eso de una chica como yo?

Él abrió la boca para decir algo, pero claramente cambió de opinión; levantó las maletas del suelo y las llevó a su dormitorio con cara de póquer. Después de dejarlas en el suelo con malos modos, salió al pasillo.

–Seguiremos con esta discusión más tarde –le dijo en aquel engañoso tono bajo que adoptaba cuando estaba a punto de perder los nervios, aunque eso solo ocurriera raramente.

En los años que llevaba con él, Sarah había aprendido a reconocer esa táctica de Nick. Él detestaba perder los nervios, perder el control. Prefería comportarse con frialdad, tanto en los negocios como en su vida personal. Raramente le había oído gritar. Ni siquiera decía palabrotas ya, como había hecho antes.

Pero su lenguaje corporal lo decía todo, y también su mirada.

–Tomaremos un té por la mañana en la cocina –declaró él–. Después pasaremos a mi despacho a hablar.

–Sobre Derek, no –le advirtió Sarah–. No tengo intención de que te pongas a criticar delante de mí a alguien a quien ni siquiera conoces.

–Lo entiendo. Pero tengo muchas otras cosas que hablar contigo, Sarah; cosas importantes relacionadas con tu herencia. Quiero que todo quede hablado antes de que terminen las Navidades.

–Pero hasta febrero no cumplo los veinticinco –protestó ella–. Tenemos el resto de mis vacaciones de verano para hablar.

–No, no es así. Yo no voy a estar.

–¿Dónde vas a estar?

–Voy a pasar casi todo el mes de enero en Happy Island.

A Sarah se le cayó el alma a los pies. Sabía que

Nick tenía allí una casa de vacaciones, aunque raramente la utilizaba en esa época del año.

—Flora no me ha dicho nada de eso por teléfono.

—No saldría el tema.

—Entre Navidad y Año Nuevo tenemos una semana —argumentó ella, decepcionada por que Nick se marchara tanto tiempo.

—Sí. Pero esa semana tengo un invitado. Y tú tienes a tu nuevo novio, con quien reconoces que deseas pasar cada minuto del día. Será mejor dejarlo todo claro mientras tengamos tiempo.

—Pero hoy tengo que decorar el árbol.

—Solo quiero un par de horas, Sarah, no todo el día.

—¿Y esta tarde? ¿No puede esperar hasta esta tarde?

—Esta tarde voy a comprar regalos.

Sarah suspiró. Qué típico de un hombre ir a comprar los regalos en el último momento.

—Vamos —dijo bruscamente—. Bajemos.

—Primero necesito ir al baño —le dijo ella sin mentir.

—Bien —respondió él con indiferencia—. Voy bajando y le digo a Flora que vaya haciendo el té.

Sarah se quedó pensativa. Ponerse guapa al día siguiente y fingir con un novio de pega no iba a cambiar nada. Ella no significaba nada para Nick salvo una obligación de la que él claramente se quería librar.

Estaba claro que él no podía esperar a que ella cumpliera años; y de pronto Sarah sentía lo mismo. Estaba más que harta de permitir que lo que sentía por Nick la dominara y disgustara de continuo; Harta de penar en secreto por lo que nunca podría ser.

Había llegado el momento de seguir adelante con su vida. Con una vida en la que no estaría Nick.

Capítulo 3

FLORA estaba en la cocina cortando el flan que había preparado esa mañana cuando entró Nick con cara de pocos amigos.

–¿No es Sarah la que ha venido? –preguntó ella.

–Sí. Ahora mismo baja; puedes poner la tetera.

Flora se dio la vuelta para guardar el dulce en la nevera antes de encender la tetera eléctrica.

–Qué bien que esté en casa –dijo la mujer–. ¿Verdad?

Nick frunció el ceño y se sentó en uno de los cuatro taburetes que había delante de la barra de mármol negro de la cocina americana.

–Yo no pienso lo mismo, Flora.

–Vamos, Nick, la has echado de menos, y lo sabes.

–Yo no sé nada de eso. Ray hizo una locura cuando me nombró su tutor. Voy a respirar hondo cuando llegue el mes de febrero, eso te lo aseguro.

–Supongo que ha sido una responsabilidad enorme para ti –concedió Flora–. Sobre todo teniendo en cuenta todo el dinero que va a heredar. ¿Qué te parece este nuevo novio de Sarah? ¿Crees que está bien situado?

–Quién sabe.

–Me extraña que no haya dicho nada de él hasta ayer por la noche, ¿verdad?

–Yo he pensando lo mismo. Supongo que tendremos que esperar a ver.

–Sí, supongo –respondió Flora–. ¿Y cómo está ella?

–¿A qué te refieres?

–Anoche me dijo que ha estado haciendo ejercicio y que ha perdido peso. No me digas que no te has fijado.

–Sí, me he fijado.

–¿Y bien? –continuó Flora, exasperada con la apatía de Nick a la hora de comunicarse.

A veces era igual que Jim. ¿Por qué a los hombres les costaba tanto hablar? Pensó que sería estupendo tener de nuevo a Sarah en casa; al menos tendría a alguien con quien charlar de vez en cuando.

–A mí me parecía que estaba bien antes.

–Típico de los hombres. Nunca quieren que las mujeres de su vida cambien... Ah, aquí llega la niña. Ven aquí, cariño, y dale un abrazo a la vieja Flora.

A Sarah se le encogió el corazón de emoción cuando Flora la abrazó con tanto afecto. Hacía mucho tiempo que nadie la abrazaba así.

Sin ir más lejos, Nick no le había dado un abrazo esa mañana; ni siquiera un beso en la mejilla. Jamás la tocaba, salvo accidentalmente

Levantó la vista y la fijó en el hombre que ocupaba sus pensamientos, pero él no la miraba a ella, sino el banco de madera con gesto contrariado. Seguramente deseando estar en el golf.

–Ay, Dios mío –dijo Flora cuando finalmente soltó a Sarah para mirarla–. Has perdido varios kilos, ¿verdad? Ahora podrás tomar un poco de tu postre favorito sin sentirte culpable –añadió antes de darse la vuelta para abrir el frigorífico–. Te lo he preparado esta mañana.

–No deberías haberlo hecho, Flora –le reprochó Sarah con suavidad.

–Tonterías. ¿Qué otra cosa voy a hacer? ¿Sabes que este año el catering va a servir toda la comida de Navidad? Nick dice que es demasiado para mí. Lo único que se me permite preparar es un par de miserables postres. ¡Qué te parece!

La mujer volteó los ojos, y Sarah se dijo que Flora había envejecido bastante en ese último año. Tenía la cara más arrugada y el pelo totalmente blanco.

–No me quejo, Nick –continuó Flora–. Sé que me estoy haciendo mayor. Pero aún no soy totalmente inútil. Podría haber asado perfectamente una paletilla de cerdo y un pavo; y unas verduras para aquellos a los que no le guste la ensalada y el marisco. Pero bueno, basta de todo eso. Lo hecho, hecho está. Vamos, siéntate ahí al lado de Nick, Sarah, y cuéntanos algo de tu novio nuevo mientras os sirvo el té.

Sarah ahogó un gemido de protesta e hizo lo que le decía la mujer; pero no se sentó al lado de Nick, sino que dejó un taburete libre entre ellos.

–¿Qué quieres saber? –preguntó fingiendo naturalidad.

–Para empezar, ¿cuántos años tiene?

Sarah se dio cuenta de que no tenía ni idea.

–Treinta y cinco –aventuró.

Un año menos que Nick.

Nick se volvió a mirarla.

–¿Es guapo? –preguntó él.

–Mucho. Parece un galán de cine.

¿Estaría viendo visiones, o le había parecido ver una alteración en su mirada al decirle eso?

–¿Cuánto tiempo lleváis juntos?

Sarah decidió ceñirse a la verdad en la medida de lo posible.

–Nos conocimos poco después de las vacaciones de Pascua de este año. Contraté sus servicios como entrenador personal.

Nick resopló disimuladamente, y Sarah lo ignoró.

–¿Por qué no has dicho nada antes? –preguntó Flora.

Sarah se quedó helada. Debería haber sido consciente de que tanto Nick como Flora le harían el tercer grado con Derek. De nuevo, decidió ceñirse a la verdad.

–No hemos sido novios todo este tiempo –respondió–. Eso ha sido más recientemente. Una noche me invitó a tomar una copa después de la sesión de ejercicios; una cosa llevó a la otra y... Bueno, ¿qué puedo decir? Estoy muy feliz.

Sarah sonrió, aunque se le había formado un nudo en la garganta de los nervios.

–Y también muy saludable –dijo Flora con una sonrisa–. ¿No te parece, Nick?

–Creo que le vendría bien tomarse un poco de tu flan.

A Sarah le dio la risa.

–Resulta gracioso que digas eso. Todas tus novias siempre están esqueléticas.

–No todas. No conoces aún a Chloe, ¿verdad?

–Aún no he tenido el placer.

–Lo tendrás. Mañana.

–Qué agradable.

–Te gustará.

–Oh, lo dudo. Nunca me gusta ninguna de tus novias, Nick. Igual que a ti no te gusta ninguno de mis novios. Ya se lo he advertido a Derek.

–¿Debería advertírselo yo a Chloe?

Sarah se encogió de hombros.

–¿Para qué molestarte? No va a cambiar nada.

–¿Queréis dejar de discutir? –intervino Flora–. Es Navidad, una época de paz y amor.

Sarah estuvo a punto de comentar que Nick no creía en el amor, pero se mordió la lengua. Meterse con Nick no entraba dentro de su decisión de seguir adelante. Pero él ya la había molestado con sus comentarios de que estaba demasiado delgada.

Cuando Flora le puso delante un poco de flan en un cuenco, Sarah no pudo negarse, aunque sí trató de tomárselo muy despacio. Nick, por el contrario, engulló su parte en dos segundos y después tuvo el atrevimiento de servirse una segunda porción. Claro que él hacía pesas tres o cuatro veces por semana, y también nadaba bastante.

Aunque ya tenía treinta y seis años, no tenía ni un gramo de grasa en su cuerpo largo y esbelto; y aparte de ensanchar un poco por los hombros y el pecho, Nick no había cambiado mucho desde que se habían conocido. Físicamente no había cambiado mucho, pero en otras cosas el cambio había sido notable. Nick siempre se había adaptado a la empresa en la que estuviera, mostrándose a veces amable y encantador, y otras adoptando un aire sofisticado y de saber hacer; ambos personajes muy alejados del joven introvertido y furibundo que había sido cuando había ido a vivir a Goldmine.

Sarah recordó que con ella nunca se había enfadado, y cómo siempre había sido dulce, amable y generoso con su tiempo. Gracias a Nick la vida de una niña solitaria había sido menos solitaria.

¡Y cuánto le quería por ello!

Sarah prefería mucho más al Nick de antaño que al que tenía sentado a su lado en ese momento.

Al principio, cuando se había metido en el mundo de los negocios, ella había admirado su ambición. Pero el éxito había convertido a Nick en un hombre que ansiaba la buena vida, alimentándose de placeres tan fugaces como superficiales. Aparte de la casa de verano de Happy Island, tenía un ático de lujo en Gold Coast y un chalé en las pistas de nieve del sur. Cuando no estaba trabajando para ganar más dinero, iba de un sitio a otro, siempre en compañía de su última conquista amorosa.

Pero el amor no formaba parte de la vida de Nick.

Su padre siempre había dicho lo orgulloso que había estado de Nick; había alabado la ética profesional de su protegido, su intelecto y su vista para los negocios. Y Sarah se daba cuenta de que, profesionalmente, había mucho de lo que estar orgulloso. Pero sin duda su padre, de haber vivido, se habría sentido decepcionado con el modo en que Nick llevaba su vida personal. Había algo censurable en un hombre a quien las novias solo le duraban seis meses y que presumía de que jamás se casaría con ninguna.

Para ser sinceros nunca había presumido de su incapacidad para enamorarse; solo se había limitado a afirmar que era así.

Sarah tenía que reconocer que por lo menos Nick era sincero en sus relaciones personales. Estaba segura de que nunca le contaba mentiras a sus novias, y que estas siempre sabían desde el principio que su papel en la vida de Nick era estrictamente sexual y definitivamente temporal.

—Me alegra ver que aún eres capaz de disfrutar de la comida.

El chistoso comentario de Nick sacó a Sarah de su ensimismamiento. Cuando vio que se había servido otra porción y se la había zampado sin darse cuenta, se puso un poco tensa.

–¿Quién podría resistirse al flan de Flora? –le dijo tranquilamente para no delatarse–. Las próximas Navidades haremos una comida de Navidad más reducida, Flora, y podrás cocinar lo que te apetezca.

–¿No vas a continuar con la tradición de tu padre? –le preguntó Nick en tono de desafío.

–¿Eso crees que has estado haciendo, Nick? –respondió ella–. Cuando papá vivía, la comida de Navidad era una reunión de amigos de verdad, no una colección de conocidos de trabajo.

–Me parece que te equivocas en eso, Sarah. La mayoría de los llamados amigos de tu padre eran contactos de negocios.

Nick tenía razón, por supuesto. Pero la gente había querido a su padre por la persona que era, no solo por lo que pudieran sacarle. Al menos, ella quería pensar eso.

Su padre había sido un hombre amable y generoso, aunque como padre no hubiera sido el mejor. En los años que había estado en el internado, a menudo su padre había buscado cualquier excusa para no ir a las funciones del colegio, todas ellas relacionadas con el trabajo. Después, cuando volvía a casa de vacaciones, solían dejarla sola.

Para ser totalmente sinceros, la situación no había sido mejor cuando su madre había vivido. Jess Steinway había sido una mujer dedicada enteramente a su profesión y en absoluto preparada para hacer los sacrificios que implicaba una maternidad inesperada a los cuarenta.

Sarah había sido criada por una sucesión de niñeras impersonales hasta que había ido al jardín de infancia; y a partir de entonces Flora se había hecho cargo de su cuidado antes y después del colegio. Pero Flora, aunque era una persona cariñosa y charlatana, había estado siempre muy ocupada con las tareas domésticas y la organización de la casa como para hacer algo más aparte de alimentar a Sarah y asegurarse de que hacía los deberes.

Nadie había pasado tiempo con ella, ni jugado con ella, hasta que había llegado Nick.

Volvió la cabeza para mirarlo, sintiendo de pronto tristeza. Ay, cuánto le habría gustado que él siguiera siendo su chófer, y ella una niña para poder quererlo sin reservas.

Sintió ganas de llorar en el mismo momento en que Nick se volvió a mirarla. Ella bajó la vista para disimular, pero antes de hacerlo vio el pesar en su mirada.

–Lo siento –murmuró él–. No ha sido mi intención faltarle el respeto a tu padre, que era un hombre muy bueno y generoso. ¿Sabías que cada Navidad hacía enormes donaciones a distintas instituciones benéficas de Sidney para las personas sin hogar? Gracias a él, siempre celebraban una comida de Navidad decente. Y nadie, en especial los niños, se quedaba sin un regalo.

Sarah frunció el ceño.

–Eso no lo sabía.

Sabía lo de su trabajo con los jóvenes presos, y que había dado mucho dinero para la lucha contra el cáncer; pero nunca había mencionado las donaciones de Navidad.

–Espero que su patrimonio siga dedicándose a

esa tradición, Nick. ¿Tú sabes si continua haciéndose?

—Como no quedó especificado en su testamento, yo lo hago en nombre suyo todos los años.

—¿Tú?

—No te sorprendas tanto. Soy capaz de tener gestos generosos, ¿sabes? No soy tan egoísta.

—Yo nunca he dicho que lo fueras.

—Pero lo piensas. Y, en general, no te equivocarías.

—No seas tan modesto, Nick —comentó Flora—. Deberías ver la tele de plasma tan enorme que Nick nos compró a Jim y a mí hace unas semanas; y solo lo hizo porque pensó que nos gustaría. Jim está en el séptimo cielo viendo críquet y tenis todo el día.

—No esperéis un regalo caro esta Navidad, porque ahora mismo estoy sin blanca.

—Oh, vamos —dijo Flora riéndose.

—No te rías. He hecho ya dos películas este año, y estoy muy preocupado por la que se va a estrenar en Año Nuevo. Según un test de audiencia, el final es muy triste. El director, aunque de mala gana, quiso filmar un final feliz, pero al final he decidido dejar el primer final. Si esta fracasa, tal vez tenga que pedirle un préstamo a Sarah.

La noticia sorprendió a Sarah. Sabía mejor que nadie que por orgullo Nick no soportaría ser pobre de nuevo.

—En febrero, podré darte todo lo que necesites. Y no será un préstamo.

—¿Dios, qué voy a hacer con esta chica, Flora? Espero que no le hayas hecho ninguna oferta similar a ese novio tuyo. Jamás le des dinero a un hombre, Sarah —dijo Nick en tono firme—. Sacarás lo peor de ellos.

Sarah negó con la cabeza.

–¿Cuántas veces tengo que decirte que Derek no quiere mi dinero?

–Lo hará cuando vea todo lo que tienes.

–No todos los hombres van detrás del dinero, Nick. Ahora, si no te importa, no quiero hablar más de Derek. Sé que jamás podré convencerte de que un hombre me ama por mí misma y no por mi dinero, así que prefiero no intentarlo

–Estoy de acuerdo con Sarah –la secundó Flora–. ¿Quieres otra porción de flan?

Sarah agradeció que en ese momento sonara el móvil de Nick, ya que la exasperaban sus incesantes preguntas sobre Derek. ¡Qué mal lo iba a pasar al día siguiente!

–Hola –dijo Nick en aquel tono que reservaba para sus novias–. Sí, me encantaría, Chloe. De acuerdo. Te recojo esta tarde sobre las siete. Adiós – colgó y se bajó del taburete–. Lo siento, chicas; cambio de planes. Chloe ha recibido una invitación de última hora para una fiesta que se celebra hoy en casa de algún ricachón, así que tengo que irme corriendo a comprar los regalos. Tendremos que dejar nuestra conversación hasta que vuelva, Sarah.

–Está bien –respondió Sarah como si no le importara.

Pero le importaba mucho; y no tanto la conversación pendiente, sino que saliera esa tarde, y luego esa noche con Chloe. Resultaba ridículo aceptar de él las migajas, pero así era.

–No se te olvide que quiero un coche nuevo –le dijo Sarah en voz alta mientras salía–. Amarillo.

Nick se paró y se volvió a mirarla.

–¿Alguna marca en especial?

Ella nombró una de las primeras marcas del momento.

—Pues claro.

—¿Algo más? —añadió Nick.

Cuando él la miró con aquella sonrisa y esa expresión divertida, Sarah se sintió más aliviada. Aquel vínculo especial que compartían seguía allí; porque ellos se conocían.

Chloe no conocía a Nick; no al verdadero Nick. Sin duda solo conocía al hombre que había aparecido en la portada del diario de economía el año anterior.

—Veré lo que puedo hacer —dijo Nick—. Adiós, chicas.

—Adiós —canturreó Sarah.

Sonrió para disimular la sensación de que volvía a hundirse en la miseria. Su breve momento de feliz intimidad se desvanecía con la salida de Nick de esa noche.

—No seguirás sintiendo algo por Nick, ¿verdad, cariño?

El tono suave de la inesperada pregunta de Flora estuvo a punto de hacerle perder la compostura. Sarah tragó saliva con dificultad y se puso derecha y adoptó una expresión lo más creíble posible.

—No, claro que no.

—Menos mal. Porque sería un error. Ninguna mujer tiene futuro con un hombre como Nick.

Sarah soltó una risita seca.

—¿Acaso no te das cuenta de que lo sé de más, Flora?

—Este chico, Derek... ¿Vais en serio?

Sarah tardó demasiado en contestar.

—Lo sabía —continuó Flora—. De haber sido novios, me lo habrías contado antes.

–No se lo digas a Nick –soltó ella.

Flora entrecerró los ojos.

–¿Este Derek es un novio de verdad o no? –le preguntó Flora entrecerrando los ojos.

–Bueno... él, solo es un amigo.

Flora la miró con interés.

–¿A qué estás jugando?

Sarah suspiró.

–A nada malo. Solo quería traer a alguien a la comida de Navidad, y Derek se ofreció voluntario. Estoy harta de que las novias de Nick me miren siempre por encima del hombro.

–Así que se trata de tu orgullo femenino, ¿no?

–Sí. Eso es exactamente lo que es.

–Sabes que Nick le va a hacer el tercer grado al pobre Derek , ¿no? –dijo Flora.

–Sí, ya le he preparado.

Flora hizo una mueca.

–Eso espero. Porque Nick se toma su trabajo de tutor muy en serio, cariño.

–Derek podrá con él, tiene personalidad.

–Ninguno de tus otros novios pudo.

–Derek no es un novio de verdad.

–Sí, pero va a fingir que lo es.

–Es verdad.

Flora suspiró.

–Le deseo buena suerte, eso es todo lo que puedo decir.

Capítulo 4

SARAH decoró el árbol de Navidad con movimientos automáticos, sin dejar de pensar en las palabras de Flora.

Ella también le había advertido a Derek que pasaría un mal rato; pero él había insistido en ir a estar con ella. Parecía como si la idea de hacer de novio suyo le pareciera un emocionante desafío.

Pero a Sarah empezaba a aterrorizarle todo aquel tinglado. ¿Y si Nick de alguna manera descubría que Derek era gay? ¿O que su relación era un timo? ¿Cómo iba a explicar ella aquel engaño tan ridículo? Solo para salvaguardar su orgullo no hacía falta pasar vergüenza delante de él; y delante de Chloe...

Aunque no la conocía aún, ya le caía mal.

Nick había implicado antes que Chloe no era tan delgada como las novias anteriores. ¿Sería también rubia?

Tendría que pedirle una descripción más detallada a Flora.

Sarah terminó de decorar el árbol, salvo por la estrella que iba en la punta. Se fijó en el reloj y vio que eran más de las seis, un poco tarde para merendar. Había comido mucho flan y no había almorzado, así que tenía bastante hambre.

Pero la estrella del árbol de Navidad era lo primero,

así que se subió a la escalera una vez más y se puso de puntillas para conseguir llegar a aquel punto deseado.

–Qué árbol tan bonito.

Sarah pegó un respingo al oír la voz inesperada de Nick. Las patas traseras de la escalera se levantaron del suelo, y notó que se precipitaba hacia delante. No entendió cómo Nick pudo sujetarla, pero cuando estaba a punto de caerse encima del árbol, la escalera volvió a ponerse derecha y cayó directamente en brazos de Nick.

–¡Ay, Dios mío! –gimió Sarah, moviendo los brazos mientras Nick le abrazaba la espalda con fuerza y la estrechaba contra su cuerpo.

–No te ha pasado nada, tranquila –le dijo él.

–¡Me has dado un susto de muerte! –exclamó Sarah mientras por fin le echaba los brazos al cuello.

–Lo siento. No ha sido mi intención.

Sarah abrió la boca para decir algo más, cualquier cosa que la ayudara a calmar la emoción que había sentido al estar entre los brazos de Nick. Con él tan cerca no podía pensar, y menos si la miraba de esa manera con aquellos ojos negros tan ardientes.

Nick le miró los labios unos instantes, aunque el tiempo pareció ralentizarse, acompañado de los ensordecedores latidos de su corazón. Sarah ladeó la cabeza con gesto provocativo. ¡Estaba segura de que Nick iba a besarla!

Se sorprendió al ver que él la dejaba en el suelo. Abrió los ojos y vio que Nick la miraba con preocupación.

–Tranquila –dijo él.

Sarah tuvo ganas de chillar. Estaba tan desesperada por aquel hombre que se había inventado una pasión que no existía. Al menos por parte de él.

–Estoy bien, gracias –dijo ella en tono seco.

Su orgullo le pedía calma, recuperar la compostura.

–De momento pensé que te ibas a desmayar.

–¿Desmayarme? ¿Y por qué iba a desmayarme?

–Le pasa a algunas chicas después de un shock.

–Estoy bien –repitió ella.

–En ese caso, ¿por qué no me das las gracias por haberte salvado de una mala caída?

–Una caída que has provocado tú –señaló ella–. ¿Y qué estás haciendo en casa, de todos modos? Pensaba que te ibas a las siete a una fiesta. Son más de las seis.

–Chloe se olvidó de decirme que había que ir de etiqueta; y he venido a cambiarme.

A Nick le quedaba muy bien el esmoquin; y Sarah sintió celos solo de imaginarse a la tal Chloe del brazo de Nick esa noche.

–Me sorprende que tú no salgas esta noche –dijo Nick.

–¿Cómo? Ah, si, bueno... Derek quería llevarme por ahí, pero le dije que estaría muy ocupada preparando el árbol y los regalos.

Sarah notó que vacilaba y tartamudeaba. ¿Por qué tenía que pensar en Nick con Chloe?

–Deberías hacer lo que hago yo –dijo Nick–. Comprar regalos en tiendas que te lo envuelven gratis.

Y en tiendas donde alguna dependienta a quien le hicieran los ojos chiribitas lo hiciera todo por él, pensaba Sarah con pesar.

–Será mejor que me marche –continuó diciendo Nick–. Te veo mañana para abrir los regalos. Y antes de que me lo preguntes, te diré que no, que Chloe no va a estar; así que no tendrás que enfurruñarte.

–Yo no me enfurruño nunca –soltó Sarah.

–Pues claro que lo haces, señorita. Aunque tengo

que estar de acuerdo contigo en una cosa, y es que algunas de mis novias no han sido demasiado agradables contigo. Pero eso es porque todas están celosas.

—¿De mí? —Sarah no podría haber estado más sorprendida.

Nick sonrió con pesar.

—¿Te gustaría descubrir que tu Derek vive con una atractiva pupila? Ahora debo irme —dijo bruscamente, antes darse la vuelta y marcharse.

—Aún no hemos mantenido esa conversación —le dijo subiendo la voz para que él la oyera.

Él dejó de caminar y se volvió a mirarla con gesto impaciente.

—Ya me he dado cuenta. Tendrá que esperar hasta después de la comida de Navidad.

—¿Pero entonces no estará aquí Chloe?

Nick había dicho esa mañana que tendría una persona invitada en casa entre Navidad y Año Nuevo. ¿Quién si no su novia de turno?

—Chloe y yo no tenemos por qué pasar todo el día juntos —dijo con significativamente—. Te veré mañana, Sarah.

Sarah se entristeció al oírle subir las escaleras a toda prisa, como si estuviera deseando salir para encontrarse con su novia.

—Me alegro de que Derek venga mañana —murmuró en voz baja.

—Hablar sola no está bien, cariño.

Sarah se dio la vuelta y sonrió a Flora.

—Muchas de las mejores conversaciones las mantengo conmigo misma.

—Mejor entonces que con el paño de cocina con el que solías hablar cuando eras pequeña, supongo.

Sarah miró a Flora con asombro.

–¿Entonces lo sabías?

–No hay muchas cosas de las que yo no me entere, cariño. ¿Era como tu otro yo, o como un amigo especial?

–Como un amigo especial –respondió ella.

–¿Por casualidad no se llamaría Nick?

Sarah se puso colorada.

–Como ya te he dicho, cariño, a mí no se me escapa una –dijo mientras iba a encender el árbol–. Vaya, qué árbol tan precioso.

–Jim ha traído un árbol muy bonito este año.

–Desde luego. Me ha parecido oír a Nick entrar hace un rato...

–Sí. Ha venido a casa a cambiarse. La fiesta es de etiqueta.

–No me sorprende. Chloe es una persona arribista como pocas.

Sarah sacudió la cabeza.

–Suena horrible. ¿Qué demonios ve Nick en ella?

–¿Qué ve Nick en ninguna de sus novias? Supongo que no le importa mucho la personalidad que tengan si son bellas y en la cama hacen lo que él quiera. Al final, no se queda con ninguna.

–¡Flora! Nunca te he oído hablar así de Nick.

Flora se encogió de hombros.

–Será porque me estoy haciendo mayor. Cuando te haces mayor dices cosas que antes no te atrevías a decir. No me interpretes mal. Quiero mucho a Nick, pero con las mujeres no se porta bien. Nunca se te habrá insinuado, ¿verdad Sarah?

–¿Qué? ¿A mí? ¡Qué va! ¡Nunca!

–Menos mal, porque con lo enamorada que estás de él.

–Ya se me ha pasado.

–A lo mejor lo parece; pero si él intentara seducirte, seguramente suscitaría de nuevo tu interés.

Flora jamás había dicho una verdad más grande.

–¿Por qué se iba a molestar cuando se lleva a la cama a mujeres como Chloe?

Flora arrugó la nariz.

–Sospecho que los días de madame Chloe están tocando a su fin. Yo, en tu lugar, tendría cuidado cuando bajara las escaleras mañana con uno de esos vestidos nuevos tan sexys que te has comprado.

Sarah se quedó boquiabierta.

–¿Cómo sabes nada de esos vestidos?

–No podía quedarme toda la tarde sin hacer nada, así que te deshice la maleta. ¿Cuál te vas a poner mañana? ¡Seguro que el rojo y blanco!

–¡Flora, eres una vieja entrometida!

Flora permaneció impasible ante aquella acusación.

–¿Cómo crees que me entero de todo lo que pasa? También te he colocado esas bonitas felicitaciones navideñas que te han regalado tus alumnos sobre la coqueta. Y como no quedaba sitio para nada más, he dejado todo el maquillaje, los perfumes y los cosméticos nuevos en el armario del cuarto de baño.

Sarah no sabía si mostrarse agradecida o si sentirse molesta.

–¿Y te parece bien todo?

–Digamos que en materia de belleza harás sudar tinta a Chloe.

–Espero que sí.

–¿Y quién sabe? A lo mejor tu Derek te mira y decide llevar la amistad un paso más allá.

–No sé por qué, pero creo que eso no va a ocurrir.

–Nunca se sabe, cariño. Nunca se sabe.

Capítulo 5

SARAH se despertó cuando alguien la zarandeó por los hombros. Abrió los ojos como platos y se le aceleró el pulso al ver la cara de Nick.

–¿Qué pasa? –preguntó extrañada.

Cuando él se puso derecho, vio que ya estaba vestido con vaqueros y camiseta.

–No pasa nada –respondió él.

¿Entonces qué hacía allí en su cuarto tan temprano?

–Me ha enviado Flora para que te despierte –continuó Nick con cierta exasperación.

–¿Para qué? –preguntó Sarah algo confusa.

–Para desayunar e intercambiar los regalos.

Sarah se sorprendió.

–¿Tan temprano?

–Los hombres con las mesas y los toldos llegarán a las nueve, y son las ocho.

–¡Las ocho!

Sarah había puesto el despertador a las seis para arreglarse y estar perfecta con sus vaqueros y su nuevo top verde, lista para abrir los regalos.

–Creo que no he oído el despertador –protestó.

O a lo mejor se había quedado dormida y no lo había puesto bien. Se había quedado despierta hasta bien tarde preparando todo lo que había podido para estar preparada para el día de Navidad.

–Levántate y baja –le dijo Nick con impaciencia antes de darse la vuelta y salir del dormitorio.

Hasta que Nick no salió Sarah no se dio cuenta de que no le había deseado feliz Navidad. Claro que él tampoco le había dicho nada. Nick le había parecido cansado e irritable; seguramente no habría dormido mucho. La noche anterior no le había oído entrar, señal de que había regresado muy tarde. Seguramente habría ido a casa de Chloe después de la fiesta y...

Sarah se levantó de la cama de un salto y entró corriendo al baño. «Día D, hora H», pensaba con un revoloteo en el estómago. Menos mal que no tenía casi tiempo para arreglarse, así su transformación más tarde sería más impresionante y dramática.

Sin embarbo tampoco quería bajar hecha un adefesio. No había tiempo para hacerse ningún peinado, así que se cepilló el cabello y se lo recogió en un moño. No había tiempo de maquillarse.

Menos mal que el camisón que llevaba era muy bonito; corto, de seda color lila y a juego con una bata también corta. Se dijo que no tenía zapatillas de estar en casa, ya que nunca las usaba; pero tampoco podía ponerse otra cosa, de modo que decidió bajar descalza.

No sería la primera vez que bajaba a desayunar el día de Navidad descalza y en camisón, aunque aquel era un poco más corto que los que usaba habitualmente. Tendría que tener cuidado cuando se sentara. Por lo menos tenía las piernas bonitas y suaves, ya que la semana anterior había ido a un salón de belleza para depilarse.

Se sentía un poco rara sin braguitas, pero lo cierto era que no había tiempo de retrasarse más. Además, nadie se daría cuenta.

Sarah aspiró hondo y soló el aire despacio antes de bajar las escaleras.

El árbol de Navidad siempre se colocaba en un extremo del gran salón, donde había dos sofás de cuero marrón, uno enfrente del otro, y una pesada mesa de madera entre los sofás.

Todo estaba preparado cuando Sarah entró en el salón. Como iba descalza, no hizo ruido al entrar, de modo que aprovechó para ver dónde se podría sentar.

Flora y Jim estaban sentados en el sofá que estaba colocado de frente a la terraza, y Nick en el centro del otro sofá, tomando un café. No quería sentarse a su lado después de lo que había pasado el día anterior; sobre todo porque no llevaba braguitas. Cuando estaba cerca de Nick, su cuerpo y su mente se trastornaban.

Aunque Sarah se arreglaría para la comida de Navidad y fingiría que Derek era su novio, no tenía esperanza alguna de atraer a Nick. Había llegado a la desalentadora conclusión de que después de la muerte de su padre, Nick la había clasificado como «responsabilidad legal», aniquilando de ese modo cualquier posibilidad de una relación personal entre ellos.

En ese momento Nick se volvió hacia ella y la miró de arriba abajo con rapidez.

A lo mejor se lo había imaginado, pero le pareció que Nick se fijaba en sus pechos un momento más de lo estrictamente necesario.

Fuera como fuera, Sarah sintió un cosquilleo por todo el cuerpo y la sensación de que los pezones se le endurecían bajo la tela del camisón.

Sin duda debía de estar imaginándoselo; igual que el día anterior se había imaginado que él había estado a punto de besarla.

Pues claro que se lo estaba imaginando. Nick solo la miraba como cualquier hombre miraría a una joven bonita en camisón. Él siempre la había mirado, solo que no como le habría gustado a ella.

–¡Feliz Navidad a todos! –canturreó Sarah, que no pensaba permitir que sus sentimientos hacia Nick estropearan el momento.

Flora y Jim se volvieron y sonrieron.

–Feliz Navidad, cariño –dijo Flora–. Vamos, ven aquí y siéntate a mi lado.

–Siento haberos hecho esperar.

Se sentó al lado de Flora, justo en frente de Nick.

–Creo que no he oído el despertador –añadió mientras juntaba las piernas y se colocaba la bata correctamente para taparse los muslos todo lo posible.

–No pasa nada, cariño –la tranquilizó Flora–. ¿Quieres un poco de café? –le ofreció, inclinándose hacia delante para servirle.

–Sí, por favor –Sarah ignoró a Nick, que no había dejado de mirarla, tomó un cruasán de un plato y empezó a untarle mantequilla–. ¿Habéis desayunado todos ya?

–Jim y yo sí –dijo Flora–. Pero Nick no; dice que no tiene hambre. Yo creo que tiene resaca.

–No tengo resaca –protestó Nick–. Me siento bien, pero no quiero desayunar para que no se me quiten las ganas de comer. De todos modos quiero otro café, Flora –le dijo mientras le pasaba la taza–. Con leche y azúcar, por favor. Así aguantaré un par de horas más.

–¿Te lo pasaste bien anoche en la fiesta? –le preguntó Sarah antes de percatarse de lo que estaba diciendo.

Nick dio un sorbo de café antes de responder.

–Fue una fiesta muy típica. La verdad es que de momento estoy cansado y aburrido de fiestas. Esa es una de las razones por las que voy a ir a Happy Island, para relajarme y no hacer nada unos días.

–Podrías no hacer nada de nada aquí –señaló Sarah, que detestaba que se marchara.

–Aquí no puedo hacer eso –respondió Nick mientras la miraba por encima del borde de la taza–. La gente no me deja.

Así podría pasar más tiempo a solas con su novia. Sarah se los imaginó bañándose desnudos en la piscina de Happy Island, haciendo el amor en el agua y en todas partes de la sin duda lujosa casa.

–Creo que deberíamos empezar a dar los regalos –sugirió en ese momento Flora–. Jim, ¿por qué no haces de Santa Claus este año? ¿Te parece bien, Sarah?

–Claro.

Sarah necesitaba el consuelo que le ofrecía el delicioso cruasán; necesitaba combatir la consternación que la abatía en ese momento.

Qué decepción, pensaba Sarah mientras se terminaba el primer cruasán en un abrir y cerrar de ojos y tomaba otro. Nick nunca sería suyo; ni en la cama, ni en ningún otro sitio.

Flora le tocó el brazo con suavidad, impidiendo así que empezara con segundo cruasán.

–Eso puede esperar hasta después de abrir los regalos –sugirió en tono bajo–. Ve a por uno de los regalos de Nick primero, Jim, para que Sarah pueda tomarse el café tranquilamente.

–Gracias, Flora –susurró Sarah mientras dejaba el bollo en el plato.

Jim escogió una caja pequeña envuelta en papel dorado.

–Ese es de mi parte –dijo Sarah fingiendo alegría cuando Jim se lo dio a Nick.

En lugar de sentir emoción porque Nick iba a abrir el regalo, solo sentía inquietud por su posible reacción. Sabía que le gustaría, pero no quería que sacara ninguna conclusión equivocada. Detestaría que él adivinara lo que en secreto sentía por él; detestaría la humillación que acompañaría tal descubrimiento.

Nick dejó el café sobre la mesa y rasgó el envoltorio.

–¿No es perfume este año?

–No –respondió ella.

Frunció el ceño mientras le daba la vuelta a la caja y dejaba caer el regalo envuelto en papel burbuja sobre la palma de su mano.

–No tengo ni idea de lo que es –dijo él con curiosidad mientras retiraba el papel burbuja.

Sarah contuvo la respiración; pero la expresión de delicia de Nick no se hizo esperar.

–Yo... espero que te guste –Sarah se puso colorada.

–¿Qué es? –preguntó Flora antes de que Nick pudiera responder–. Enséñamelo.

Nick dejó la bolsita de cuero rojo sobre la mesa para que la vieran los demás.

–No sé qué decir, Sarah –dijo Nick con admiración.

–Mira, Jim, es una bolsa de golf en miniatura con dos preciosos y diminutos palos de golf.

Jim se inclinó hacia delante para mirarlos mejor.

–Parecen caros.

–Sí –concedió Nick–. No deberías haberte gastado tanto dinero en mí, Sarah.

–Bah, no ha sido tan caro para una futura heredera –respondió airadamente–. Pensé que te merecías
algo especial por haberme aguantado todos estos
años. Esos palos de golf son de plata auténtica, ¿sabes?; de plata inglesa. Tienen la marca.

–¿De dónde los has sacado? –le preguntó Nick.

–Los compré en eBay. Tienen cosas que uno no
encuentra en las tiendas.

–Es un detalle exquisito –le dijo mientras lo exa-
minaba de nuevo–. Siempre lo cuidaré.

Sarah estaba rebosante de alegría. Su regalo le había encantado, y en su reacción Sarah había visto que
Nick la apreciaba de verdad, había percibido su afecto.

Si no podía suscitar su interés sexual, entonces se
conformaría con su afecto. Era mejor que nada. Durante un tiempo, en los últimos años, había empezado a pensar que él ya no la quería.

Pero estaba claro que se había equivocado. A lo
mejor cuando ella madurara un poco y se le pasara la
tonta obsesión que llevaba atormentándola tanto
tiempo, podrían volver a ser amigos.

–Te toca a ti –dijo Nick–. Jim, pásame esa caja
con el lazo rojo, por favor. Sí, esa.

Nick le dio la caja a Sarah con una sonrisa en los
labios.

–Siento que no sea lo que pediste.

–Ah, te refieres al coche. Ya sabes que era una
broma.

Dentro de la caja había un coche amarillo que era
como el modelo que ella le había mencionado a
Nick. No era una miniatura, sino un poco más grande, y muy bonito.

–Mirad lo que me ha comprado el muy sinvergüenza –dijo riéndose.

A Jim le pareció una belleza.

–Si abres la puerta del conductor, a lo mejor encuentras algo más útil para una futura heredera.

Sarah hizo lo que le decía y sacó un pequeño estuche rectangular de terciopelo rojo oscuro. Sabía antes de abrirlo que contenía una joya... ¿pero el qué?

Cuando abrió el estuche se quedó sin aliento.

–¡Ay, Dios mío! –exclamó con un gemido entrecortado antes de mirar a Nick con los ojos muy abiertos–. ¡No me digas que son diamantes de verdad!

–Por supuesto que son diamantes de verdad –dijo Flora mientras se acercaba a ver el regalo de Sarah.

–¿No te gustan? –le preguntó Nick un poco tenso–. Si quieres cambiarlos, tengo la factura guardada.

–Sobre mi cadáver –respondió Sarah cerrando el estuche y abrazándolo contra su pecho.

Nick sonrió.

–Sé que tienes las joyas de tu madre, pero lo que le queda bien a una mujer no tiene por qué quedarle bien a otra. Estos me parecieron más propios para ti.

Sarah abrió de nuevo el estuche y sacó los pendientes para mirarlos mejor. Cada pendiente estaba formado por un diamante grande del que colgaban dos diamantes más pequeños en forma de gota.

–¿Crees que soy una chica a la que le gustan las joyas llamativas?

–Los diamantes no son llamativos, sino elegantes. Y nunca se pasan de moda. Puedes ponértelos con cualquier ropa.

–Entonces me los pondré hoy –decidió de inmediato–, para la comida de Navidad.

Y se aseguraría de que Chloe se enterara de quién se los había regalado, pensó con una malicia muy poco característica de ella.

–Sí, póntelos –dijo él con un brillo extraño en la mirada.

Sarah deseó poder adivinar lo que él estaba pensando; pero si él no quería, no delataba nada.

–Quiero ver mi regalo de Nick –dijo Flora–. ¿Ah, también me va a regalar unos diamantes? –añadió cuando Jim le pasó una caja envuelta en un bonito papel de regalo, casi tan pequeña como la de Sarah.

–Lo siento –respondió Nick–. Pensé que los zafiros harían juego con tus bonitos ojos azules.

–Ah, venga, tonto –dijo Flora muerta de risa.

Nick le había comprado un maravilloso reloj con zafiros incrustados. El regalo de Jim también fue un reloj; un caro reloj de oro, y ambos estaban encantados.

Era la primera vez que Sarah veía a Nick gastarse tanto dinero en regalos de Navidad. Con alivio pensó que, si se había gastado tanto dinero, sería porque no andaba tan mal.

A Flora y a Jim parecieron gustarle los regalos que les había comprado Sarah. Flora estaba feliz con un frasco su perfume favorito y un libro de cocina de menús sanos. A Jim era muy difícil hacerle un regalo, pero la botella de oporto añejo y el vaso de cristal con su nombre grabado le gustaron mucho.

Por su parte, Flora y Jim le regalaron a Sarah un precioso marco de fotos y una femenina agenda del año que estaba a punto de empezar. En cada página había dibujos de flores aparte de una reflexión especial para cada día. Nick se convirtió en el orgulloso dueño de una billetera de piel y de una estilosa corbata de seda dorada.

—Para las pocas ocasiones en las que te ves obligado a llevar corbata —le dijo Flora.

Nick estaba muy guapo de traje, pero lo cierto era que detestaba vestirse de traje y corbata y prefería la ropa informal.

—De acuerdo, chicos —Nick se puso de pie bruscamente—. Es hora de quitar todos estos papeles y de ponernos manos a la obra. Jim, voy a necesitar tu ayuda para prepararlo todo fuera. Flora, no te pongas a hacerlo todo como sueles hacer. Los del catering tienen que venir a las diez. Lo único que les hace falta es que la cocina esté limpia. Van a traerlo todo, incluida vajilla, cubiertos y cristalería; aunque el vino no. Yo me encargué de comprarlo la semana pasada y lo metí en la bodega. Jim, tenemos que subirlo también. Voy a guardar mis regalos y te veo en cinco minutos en la terraza. Los invitados llegarán a partir del mediodía, así que, Sarah, tienes tiempo de sobra para vestirte y estar aquí abajo a las doce menos cinco, lista para ayudarme a recibir a la gente cuando llegue.

—¿Cuántos vienen este año? —le preguntó ella.

—Si se presentan todos, veinte. Y con nosotros, veinticuatro. ¿De acuerdo?

—De acuerdo.

Todos se levantaron para hacer cada uno lo que tuviera que hacer, Sarah con el pulso acelerado solo de pensar en lo que le depararía el día. Tal vez la idea de invitar a Derek hubiera sido algo tonta, pero a medida que se acercaba el momento se dio cuenta de que prefería que él estuviera allí a tener que ir sola a la comida de Navidad. Por lo menos, Derek evitaría que se comiera todo lo que le pillara a mano.

Se sentiría más segura de todo si Derek no fuera gay; y también si hubiera conocido ya a Chloe. Lo desconocido la ponía nerviosa; y no quería estar nerviosa. Quería bajar al mediodía al salón con un aire tranquilo y sofisticado; quería que Nick la mirara y pensara que era la mujer más deseable que había visto en su vida.

Capítulo 6

ALAS once, Nick había terminado de hacer todo lo necesario en la planta baja. Habían colocado las mesas y los toldos, y Jim y él habían subido el vino de la bodega. A las diez en punto habían llegado los del catering: un equipo de tres camareros muy eficientes cuyo trabajo era restarle tensión a la comida de Navidad.

Nick subió las escaleras con pesar, diciéndose que nadie podría quitarle a él la tensión de aquella comida de Navidad en particular.

Había estado muy seguro de haber superado el deseo que había sentido por Sarah desde que esta cumpliera dieciséis años; pero parecía que se había estado engañando a sí mismo. La ausencia de Sarah le había provocado una falsa sensación de seguridad. Eso y conocer a Chloe, cuyo cuerpo sensual y su entretenida compañía habían arrinconado su deseo secreto hacia Sarah en el lugar más oscuro e inaccesible de su subconsciente; en aquel lugar en el que Nick encerraba los recuerdos y las emociones que prefería olvidar. O al menos ignorar.

Había sido la noticia que Flora le había dado el día anterior durante el desayuno de que Sarah llevaría ese año a su novio a la comida de Navidad lo que le había hecho perder el férreo control sobre sus emociones, un control que, iluso de él, había creído poseer, y había suscitado en él unos amargos celos.

Así que se había quedado en casa en lugar de ir a jugar al golf, solo para estar allí cuando ella llegara. Había puesto la excusa de que necesitaba hablar con ella sobre su herencia, cuando lo que más le apetecía era interrogarla sobre el hombre de su vida.

Descubrir que estaba locamente enamorada del tal Derek no había hecho sino ponerle más celoso.

En general estaba satisfecho porque superficialmente guardaba la compostura con ella, y se daba un sobresaliente por no haberla besado la tarde anterior cuando había tenido oportunidad. Sin embargo, con los pendientes de diamantes había cedido a la tentación, ¿o no? Se había gastado una pequeña fortuna en ellos con la firme intención de que Derek se enterara de quién se los había comprado.

Se comportaba mal siempre que Sarah llevaba a un novio a casa; y siempre se había engañado diciéndose que lo hacía para respetar los deseos de Ray, justificando sus acciones con la excusa de que quería protegerla de los que pudieran ir tras su fortuna.

Pero eso distaba mucho de la verdad. Ninguno de los chicos que Sarah había llevado a casa habían ido detrás de su dinero; para empezar porque ella no le había dicho a ninguno que en el futuro se convertiría en una rica heredera. Solo habían sido jóvenes que habían tenido la buena suerte de estar donde Nick siempre había querido estar. Con Sarah.

¿Qué haría esa vez?, se preguntaba con pesar mientras llegaba al rellano del primer piso y miraba hacia la puerta de la habitación de Sarah.

Nada. Lo mismo que no había hecho nada el día anterior cuando la había tenido entre sus brazos. Había querido besarla. Maldita sea, se moría de ganas por besarla.

¿Pero qué habría conseguido, salvo que ella lo mirara no con adoración como había hecho en el pasado, sino con asco? Sarah se había enamorado finalmente; sin duda estaría a punto de tener lo que siempre había querido: casarse y tener hijos.

Si Derek fuera un tipo honrado, entonces estaría mal intentar plantar la semilla de la duda en el pensamiento de Sarah.

Sin embargo era lo que quería hacer...

Claro que querer hacer algo y hacerlo eran dos cosas muy distintas. Llevaba años queriendo seducir a Sarah, pero no lo había hecho.

Cuando Nick entró en el dormitorio principal y cerró la puerta, el pensamiento le llevó a otro problema al que tendría que enfrentarse en un futuro inmediato: en febrero tendría que abandonar la casa. Después de tantos años se había acostumbrado a vivir allí y encariñado con las demás personas que vivían con él. No imaginaba vivir en otra casa ni dormir en otro dormitorio.

Resultaba un tanto extraño. Siete años atrás, después de morir Ray y de que él se mudara a vivir allí, no le había gustado mucho aquel dormitorio.

Siempre le había gustado el cuarto de baño, donde Ray había colocado una bañera de hidromasaje tan grande que casi se podía nadar; pero el dormitorio le había parecido bastante desnudo para el gabinete de soltero que él quería evocar. De modo que había añadido algunas cosas para que el efecto fuera erótico y sensual, sobre todo de noche. Porque cuando estaba en el dormitorio, Nick no fingía ser otra persona de la que en realidad era: un hombre muy sensual.

Y teniendo eso en cuenta, le extrañaba mucho lo que había hecho la noche anterior después de la fiesta. Para empezar, no entendía por qué no le había hecho el amor a Chloe cuando la había llevado a casa. Ella había estado provocándole toda la noche, algo que normalmente a él le encantaba. Y sabía que en cualquier otra ocasión la habría empujado y le habría hecho el amor allí mismo. En lugar de eso, sus labios voraces le habían repelido, y le había puesto la excusa de que le dolía la cabeza. ¡Que le dolía la cabeza, por amor de Dios!

Chloe se había quedado sorprendida, pero también se había mostrado comprensiva.

—Mañana por la noche no te librarás tan fácilmente —le había dicho cuando él iba hacia el coche.

Nick no se había ido derecho a casa; había empezado a dar vueltas por la ciudad, analizando por qué no se había ido con Chloe a la cama.

Esa noche había tenido varios sueños eróticos. En el último tenía a Sarah entre sus brazos y la estaba besando tal y como había querido el día antes.

Se había despertado del sueño muy excitado. Cuando Flora lo había enviado a despertarla esa mañana, se había quedado mirándola más rato del necesario mientras dormía. Y poco después, cuando ella había bajado a desayunar con ese camisón tan sexy, le había consumido un deseo tan intenso que le había costado mucho controlarse.

El regalo de Sarah le había tormentado aún más, pues había avivado en él la posibilidad de que, a pesar de su nuevo novio, en secreto Sarah siguiera deseándolo a él. Sin embargo, cuando ella le había dejado claro que su regalo tan solo era por gratitud, le había bajado de la nube a la cruda realidad.

Sarah había superado totalmente su enamoramiento de colegiala hacia él. Había perdido la oportunidad con ella, si acaso la había tenido alguna vez.

Era eso lo que más le fastidiaba.

—Debería alegrarme de que se le haya pasado –
murmuró mientras se quitaba la camiseta de camino
al cuarto de baño–. Tengo que concentrarme en com-
portarme bien el resto del día.

Nick se quitó los pantalones antes de abrir la ducha.

—Nada de comentarios sarcásticos –se reprendió
en voz alta mientras se metía bajo el chorro de agua
fría–. Nada de decirle a Derek que le he comprado
unos pendientes de treinta mil dólares. ¡Ah, y se
ponga lo que se ponga, nada de mirar!

Capítulo 7

VAMOS, Sarah! –gritó Nick mientras golpeaba en la puerta con los nudillos.

Sarah miró el reloj y vio que faltaban tres minutos para las doce.

–Ya voy –gritó mientras se echaba un último vistazo al espejo.

Estaba guapa. El vestido de verano rojo y blanco se ceñía a su cuerpo esbelto y el peinado, un recogido, destacaba los pendientes que él le había regalado.

Pero no era su apariencia lo que le tenía tan nerviosa, sino aquella tonta farsa con Derek. ¡Estaba segura de que Nick notaría algo extraño en su relación!

Cuando abrió la puerta, Nick estaba esperándola apoyado sobre la barandilla. Parecía cansado, pero estaba guapísimo con unos chinos beis y una camiseta de manga corta de rayas beis y blancas.

–Estoy lista –dijo ella con dinamismo.

Nick la miró de arriba abajo.

–¿Sí, pero lista para qué?

Como de costumbre, su comentario sarcástico la molestó.

–No estaría mal que me dijeras algo agradable, para variar –le dijo Sarah con las manos en jarras.

Él arqueó las cejas, como si su reacción le hubiera sorprendido.

–Eso depende. Pero si insistes...

Volvió a mirarla de arriba abajo, pero esa vez más despacio.

A Sarah se le formó un nudo en la garganta cuando vio que Nick le miraba los pechos, la boca y por último los ojos. Pero si había esperado ver el deseo en sus ojos, esperaba mucho.

–Estás verdaderamente preciosa hoy, Sarah –le dijo por fin en tono algo seco–. Derek es un hombre muy afortunado.

Sarah sintió deseos de golpear el suelo con el pie de frustración cuando sonó el timbre de la puerta, que la salvó de una rabieta muy poco característica en ella.

–Seguramente será Derek –dijo antes de salir corriendo escaleras abajo para ir a recibir a Derek sin que Nick lo presenciara.

Pero no era Derek el que estaba a la puerta, sino una atractiva morena de unos treinta años con un vestido azul eléctrico que destacaba las curvas de su cuerpo sensual y una sonrisa perfecta.

Sarah supo inmediatamente quién era.

–Tú debes de ser Sarah –dijo la mujer con astucia después de echarle un rápido vistazo que endureció aún más la mirada en sus ojos azul claro–. Soy Chloe, la novia de Nick.

Aquella tenía el pelo corto y más curvas que las demás; pero por dentro siempre eran inflexibles y frías, secas y desagradables.

Sarah despreció a Chloe nada más verla.

–Hola –consiguió pronunciar con cortesía antes de darse la vuelta y buscar a Nick con la mirada.

No pensaba charlar con la golfa de turno.

–Está aquí Chloe –le dijo en voz alta a Nick, que bajaba en ese momento las escaleras.

Por un momento a Sarah le pareció verle despistado, como si no supiera de quién le estaba hablando, o como si no le interesara; pero al segundo siguiente sonrió y se apresuró hasta la puerta.

–Feliz Navidad, cariño –exclamó Chloe efusivamente mientras se tiraba a los brazos de Nick.

Sarah se dio la vuelta para no tener que presenciar cómo se besaban, pero se le formó un nudo en el estómago al oír cómo Chloe le decía a Nick que le daría su mejor regalo esa noche, cuando estuvieran a solas.

Fue una suerte tremenda que Derek llegara en ese momento. El nerviosismo de Sarah por el engaño quedó momentáneamente olvidado por la necesidad de tener a alguien al lado.

–¡Derek, cariño! –dijo con la misma efusividad que Chloe–. Feliz Navidad. Ay, cuánto me alegro de verte.

Sintió alivio al ver lo atractivo y masculino que parecía con unas bermudas y una camisa polo azul cielo que destacaba su estupenda musculatura, su piel clara y su cabello rubio.

–Y tú también, nena –respondió Derek.

Su apelativo cariñoso la sorprendió, lo mismo que el beso que Derek le dio en los labios cuando se acercó a darle el regalo que llevaba en la mano.

–Estás preciosa –añadió Derek–. ¿No os parece?

Ni Nick ni Chloe dijeron nada.

Sarah se puso colorada, pero Derek estaba imparable.

–Espero que te quede bien –le dijo él mientras le daba el regalo–. Cuando lo vi en el escaparate, supe al momento que era para ti.

Sarah no sabía si ponerse contenta o si echarse a

temblar por lo que pudiera contener la caja. Derek tenía una vena pícara que estaba resultando ser tan divertida como preocupante.

–Bueno... luego lo abro... –dijo de manera evasiva–. Tengo que ayudar a Nick a recibir a los invitados. Ah, sí, Nick, este es Derek –los presentó–. Derek, este es Nick, mi tutor.

–Vaya –dijo Derek mientras le daba la mano a Nick–. Pensé que eras mayor.

–Y yo soy Chloe, la novia de Nick.

A Sarah no dejaba de sorprenderle cómo las mujeres como Chloe podían tener dos personalidades tan distintas: una dulzona para los hombres, y otra amarga para las de su propio sexo.

–¿Por qué no te vas a abrir tu regalo de Navidad en privado? –le sugirió Chloe a Sarah fingiendo amabilidad–. Yo puedo ayudar a Nick a recibir a los invitados, ¿verdad, cariño? Porque todos los invitados, aparte de Derek, son amigos de Nick.

–¡Qué buena idea!

Sarah deseaba alejarse de la irritante presencia de Chloe lo antes posible. De todas las novias de Nick, aquella era la que menos le gustaba.

–Aquí no –le susurró Derek al oído cuando ella hizo intención de llevarle al salón–. Llévame a tu dormitorio.

–¿A mi dormitorio...?

–Chist. Sí, a tu dormitorio –continuó en voz baja–. No preguntes por qué ahora. Y no mires a ninguno de esos dos. Ríete y llévame arriba.

Sarah se dio cuenta de lo que planeaba Derek.

–Esto no va a funcionar jamás, Derek.

–Sé lo que estoy haciendo aquí. Soy un maestro en el arte de dar celos. Todos los gays lo somos.

–¡Calla! ¡No lo digas en voz alta!

–Entonces haz lo que te digo.

Sarah se echó a reír cuando Derek le hizo subir las escaleras con una rapidez poco decente.

–¿Cuál es tu dormitorio? –le preguntó cuando llegaron arriba.

–La tercera puerta a la derecha.

–Muy bonita –comentó cuando cerraron la puerta.

–Nick piensa que es demasiado infantil. También piensa que estoy demasiado delgada ahora. Sigo sin gustarle, Derek. Estás perdiendo el tiempo.

Derek sonrió.

–No es la impresión que me ha dado cuando te besé.

–¿Qué quieres decir?

–Pues que tardé unos segundos en cerrar los ojos y observé la reacción de tu tutor.

–¿Y?

–Le sentó fatal que te besara. Ahora me detesta. Sentí su odio con fuerza. Luego, cuando me dio la mano, trató de aplastarme los dedos.

Sarah negó con la cabeza mientras colocaba el regalo de Derek sobre la cama.

–No te creo –dijo mientras se sentaba al lado del regalo.

–¿Por qué no?

–Porque yo... porque... ¡No lo sé! –exclamó.

–¿Sabes, Sarah? Creo que tienes miedo.

–¿Miedo de qué?

–De triunfar. Llevas demasiado tiempo viviendo con esta fantasía. Es hora de olvidarte de ella o de hacerla realidad. ¿Cuál de las dos cosas eliges?

Sarah pensó que ella estaría sola esa noche en su

cama mientras Nick retozaba con Chloe en la suya. Cerró los ojos con fuerza mientras tomaba una decisión. Entonces los abrió y miró la cara paciente de Derek.

—¿Y cuál es el plan de acción?

Derek sonrió.

—Quédate donde estás, para empezar. ¿A qué hora es la comida?

—Bueno, no es una comida como tal. Va a ser un bufé. Pero Nick querrá empezar sobre la una.

Derek miró su reloj.

—En ese caso, apareceremos a la una menos cinco.

Sarah frunció el ceño.

—¿Vamos a estar aquí hasta entonces?

—Sí.

—Sabes lo que Nick va a pensar que estamos haciendo, ¿verdad?

—Sí.

—¡Pensará que soy una zorra!

—Si no me equivoco, le costará pensar siquiera. Ahora abre tu regalo. Y cuando bajes no te olvides de decirle lo que te he traído.

Capítulo 8

NICK trató de disimular su creciente inquietud, pero no podía dejar de preguntarse dónde diablos estaba Sarah y lo que estaría haciendo. ¡Por amor de Dios!

¿Tanto rato necesitaba para abrir un mísero regalo? ¡Pero si era casi la una!

La razón más obvia era difícil de digerir: estaba en su cuarto haciendo cosas innombrables con ese tipo con pinta de playboy en paro del que ella se había enamorado.

Nick jamás había visto a un tipo más pelota y más ambicioso que aquel, con su sonrisa falsa, su pelo rubio teñido y su bronceado igualmente artificial.

Desgraciadamente, sus músculos no parecían artificiales, y eso era algo que le fastidiaba sobremanera. Nunca había pensado que Sarah fuera de esa clase de chicas a las que pudieran importarle esos atributos superficiales. Pero estaba claro que se había equivocado; incluso parecía gustarle que él la llamara «nena». ¿Acaso no sabía que su querido Derek seguramente llamaría «nena» a todas sus novias? Así no tenía que acordarse de sus nombres; porque estaba más que claro que Derek era uno de esos que no tenía suficiente cerebro para que le doliera la cabeza.

–Nick, Jeremy te está hablando –saltó de pronto Chloe en tono mordaz.

–¿Qué? Ah, perdón –Nick dejó de pensar en lo que le atormentaba y se centró en lo que le decía el otro.

Jeremy era el localizador de exteriores de la productora cinematográfica de Nick; un tipo genial en su trabajo, y gay.

–¿Qué me estabas diciendo, Jerry?

Jeremy sonrió.

–Solo que estoy agradecido de que me hayas invitado a comer hoy. La Navidad es una época del año en la que a los gays nos damos cuenta de que aún hay muchas personas que tienen prejuicios en contra de los homosexuales.

–¿De verdad? –dijo Nick mientras miraba de nuevo hacia el vestíbulo para ver si bajaba Sarah.

–¿Porque qué le importa a nadie con quién se acueste o deje de acostarse uno? –continuó Jeremy con entusiasmo–. Mientras no le hagas daño a nadie...

–Bien dicho, Jeremy –corroboró su pareja.

Nick se fijó en Kelvin, un hombre alto y delgado de edad indeterminada.

Nick estaba a punto de comentar algo, sospechaba que a punto de comportarse de un modo muy grosero, cuando por el rabillo del ojo vio el movimiento que había estado esperando.

A Nick se le revolvió el estómago al ver al objeto de su agitación cruzar el vestíbulo con Derek pisándole los talones. Tampoco se le pasó por alto que de pronto Sarah bajase con el pelo suelto y un poco despeinado.

–Si me disculpáis –dijo bruscamente–. Tengo que

hablar con una persona. ¿Chloe, podrías acompañar a nuestros invitados a la terraza? La comida es un bufé, pero en las mesas hay tarjetas con el nombre de los invitados.

Nick ignoró la cara de fastidio de Chloe y la dejó para cruzar el salón y regañar a Sarah. No sabía qué era lo que iba a decirle, pero tenía que decir algo; cualquier cosa para dar rienda suelta a la tormenta de emociones que se fraguaba en su interior.

–Sarah –soltó cuando estaba cerca de los dos tortolitos.

Ella se volvió bruscamente y lo miró.

–Necesito hablar contigo. Ahora mismo, y en privado.

–Pero íbamos a salir a la terraza a comer –le respondió ella con suma dulzura.

Él apretó los dientes mientras se fijaba con rabia en los labios de Sarah, que parecían más rojos que antes. Sin duda, se había retocado el carmín.

Pero el toque de gracia que amenazó con terminar de desatar su furia fue cuando vio que se había quitado los pendientes de diamantes.

–Seguro que no te importará esperar cinco minutos más para comer –le soltó con fastidio, angustiado al pensar por qué se habría quitado su regalo de Navidad.

Sarah se encogió de hombros con despreocupación, pero Nick detectó una momentánea sombra de duda en su mirada.

–No tardaré, cariño –le dijo a Derek con una caricia de disculpa en el brazo–. El bufé está en la terraza; sal, que yo voy enseguida.

–Claro, nena. Voy escogiendo por ti; y te sirvo un poco de ese vino blanco que te gusta.

–¡Estupendo!

En cuanto Derek desapareció de su vista Nick la agarró del codo y la empujó hasta su despacho.

–¿Es necesario que te pongas en plan troglodita?

Nick cerró la puerta del despacho sin decir nada. Cuando la miró tan enfadado, Sarah se acobardó un poco, como avergonzada.

–De acuerdo, estás enfadado conmigo por no bajar antes a ayudarte con los invitados –dijo ella–. Es eso, ¿verdad?

–Tu comportamiento no solo ha sido descortés, Sarah, sino también embarazoso.

–¡Embarazoso! No entiendo cómo. Quiero decir, este año no conozco a ninguno de los invitados. Flora me advirtió de antemano que todos ellos son de tu productora.

–Esa no es excusa para ignorarlos –arremetió él con rabia–. Me han oído hablar de ti y querían conocerte; pero tú te has esfumado. ¡El día de Navidad, para colmo! Por educación, deberías haberte quedado en el salón atendiendo a los invitados y charlando con ellos. Pero en lugar de eso, estabas arriba en tu dormitorio practicando sexo con tu novio. Pensaba que tendrías más orgullo y más sentido del decoro.

A Sarah se le subieron los colores.

–No he estado practicando sexo con él.

Nick soltó una risotada de desprecio.

–Tu aspecto contradice tus palabras.

Ella abrió la boca y luego la cerró.

–Lo que Derek y yo hagamos en la intimidad de mi dormitorio no es asunto tuyo. Igual que no es asunto mío lo que vas a hacer con Chloe esta noche en tu habitación. Somos adultos, Nick. Dentro de seis semanas cumpliré veinticinco años y tú no podrás decir nada acerca de mi vida. ¡Podré hacer lo que quiera en esta casa porque tú ya no estarás aquí!

—Y nadie se alegrará más que yo —su frustración le hizo responder de un modo tan temerario—. ¿Crees que me ha gustado ser tu maldito guardián? ¿Crees que me ha divertido protegerte de todos los canallas que se han acercado a ti? ¿Tienes idea de lo mucho que me ha costado mantener mis manos alejadas de ti, Sarah?

¡Lo había dicho! Su oscuro secreto, su culposa obsesión, había quedado expresada en palabras.

Nick detestó el estupor que vio en su cara, pero en parte sintió alivio.

—¿Nunca lo habías pensado? —de pronto estaba harto, cansado.

Ella negó con la cabeza.

—Tú... nunca me dijiste nada...

Nick sonrió con pesar.

—Mi deber para con Ray era hacer lo que él me pidió.

—¿Te pidió que no te acercaras a mí?

—Me pidió que te protegiera de todos los sinvergüenzas de este mundo.

Aquello la extrañó más que ninguna otra cosa.

—¡Pero tú no eres un sinvergüenza!

—Confía en mí, Sarah. Soy un canalla de primera categoría. Siempre lo fui, y siempre lo seré. Créeme, si fueras la hija de otro hombre, te habría seducido cuando tuve oportunidad. Porque la tuve contigo cuando tenías dieciséis años, ¿verdad?

—¿Quieres decir cuando te besé esa vez? ¿Ya entonces me deseabas?

—Eso es decir poco. No imagines ni por un momento que me preocupaba tu edad. Esas cosas nunca me han importado. Pero no podía soportar la idea de que el único hombre en el mundo a quien yo quería y respetaba me mirara con asco. Los elogios de Ray y el que me aceptara significaban más para mí que mi intenso e inconveniente deseo por ti.

—Ya... entiendo...

Nick dudaba que alguien tan dulce e inocente como Sarah pudiera entender el trasfondo siniestro y enrevesado de su personalidad.

—Ve. Vuelve junto a tu Derek —le ordenó.

—Él... no es mi Derek.

—¿Cómo? ¿Qué quieres decir con eso?

—Derek no es mi amante. Solo es un amigo. Y además es gay.

—¡Gay! —repitió Nick.

La cabeza le daba vueltas mientras trataba de darle sentido a la confesión de Sarah.

—Has sido totalmente sincero conmigo, de modo que yo voy a serlo contigo. Traje a Derek a la comida de hoy para no estar sola; y de paso para darte celos, esperaba.

Nick la miró sorprendido, y se dio cuenta de que ella estaba a punto de echarse a llorar.

—Llevo toda la vida colada por ti —soltó sin más.

Nick hizo una mueca. Detestaba la palabra «colada» porque parecía de colegiala; claro que comparada con él, Sarah era aún muy joven.

—Aún tienes oportunidad conmigo, Nick —continuó con los ojos brillantes—. Si la quieres...

¡Por supuesto que quería! Dios santo, si ella supiera...

Pero lo que él quería no se parecía nada a lo que quería ella.

—No soy bueno para ti, Sarah.

Nick era el primero en sorprenderse por haber encontrado la voluntad para rechazar lo que ella le estaba ofreciendo.

–¿Por qué no? –quiso saber ella.

–Tú sabes por qué no. No te he ocultado nada desde que eras pequeña. Ya te lo he dicho en más de una ocasión: no puedo enamorarme.

–No te estoy pidiendo que te enamores.

Él la miró con enfado.

–No te atrevas a rebajarte de se modo. ¡No te atrevas! Te conozco, Sarah. Tú quieres casarte y tener hijos; no buscas tener una aventura con un tipo que no tiene conciencia ni moral.

–Entonces me rechazas de nuevo. ¿Es eso?

–Ya tengo novia –dijo él con frialdad–. No te necesito, Sarah.

El dolor que vio en su mirada le dio a entender que había hecho lo correcto. El enamoramiento de Sarah daría paso a un amor profundo si se acostaba con ella. Lo había vivido antes con otras mujeres con las que se había relacionado, y por eso últimamente se buscaba novias como Chloe.

Pero no por eso se sentía bien; rechazar a Sarah solo conseguía frustrarlo todavía más.

–Un día encontrarás al príncipe azul –dijo Nick en tono seco.

–Por Dios, no seas tan pomposo –le soltó ella enfadada–. Si quisiera encontrar a mi príncipe azul, ¿crees que te habría hecho una proposición como la que te acabo de hacer? Pero no pasa nada, hay un montón de hombres guapos. En cuanto herede todo el maravilloso dinero de papá, no creo que me falten amantes, ¿verdad? Ahora voy a comer. ¡Tú disfruta de lo que te apetezca hacer!

Capítulo 9

ESA cara es por algo bueno o malo? –le preguntó Derek después de que Sarah llevara una silla y se dejara caer en ella.

–No me preguntes nada. Estoy tan enfadada que no sé qué hacer.

–Bueno, toma un poco de vino. Es un chardonnay riquísimo de Hunter Valley.

–Me importa un pimiento de dónde sea con tal de que tenga alcohol.

Y dicho eso, Sarah se llevó la copa a los labios y se bebió el contenido de un trago.

–Espero que te guste el marisco –dijo Derek, señalando el plato que le había servido.

–En este momento, me conformo con cualquier cosa que se pueda comer. ¡Y sobre todo beber!

Sarah no podía creer lo que acababa de pasarle. El hombre de sus sueños le había confesado que ella le gustaba; desde los dieciséis años… Había estado a punto de que su sueño de toda la vida se hiciera realidad.

Pero él la había rechazado en favor de la bruja de pelo castaño que estaba sentada dos sillas más allá.

–¡Sarah! –soltó de pronto la bruja–. ¿Dónde diantres está Nick? Le he traído su comida y ahora no está aquí para comérsela.

Sarah se alegró en cierto modo al ver el disgusto de Chloe por la ausencia de su amante.

—No tengo ni idea de dónde está —dijo en tono aparentemente despreocupado, antes de dar otro trago de vino.

—¿Pero no estabas hablando tú con él ahora mismo?

—Sí —replicó airadamente.

La bruja entrecerró los ojos.

—¿Y de qué estabais hablando? ¿O no habéis hablado nada?

Sarah pestañeó y se quedó con la copa de vino suspendida en el aire.

—¿Qué?

—Tú no me engañas —escupió Chloe—. Sé lo que está pasando aquí entre Nick y tú. Me he dado cuenta nada más verte.

—¿Darte cuenta de qué, Chloe?

Tanto Sarah como Chloe se sorprendieron al oír la voz de Nick.

—No me tomes por tonta, Nick. Sé cuando alguien está celoso. Y te conozco. Es imposible que hayas vivido todos estos años con una chica de, cómo decirlo, los atractivos de Sarah sin probarlos tú mismo.

Sarah se quedó boquiabierta, mientras Nick se agarraba con fuerza al respaldo de la silla.

—¿Me estás acusando de acostarme con mi pupila?

—Si quieres ponerlo así... sí.

De pronto Sarah se dio cuenta de que todos los demás estaban en silencio y al tanto de la conversación. En la distancia, se oyó el motor de una lancha en el puerto. Pero a su alrededor solo podía oír los latidos intensos de su corazón.

–Si es lo que piensas –dijo Nick–, entonces te sugiero que te marches.

Chloe pareció nerviosa un momento, pero solo un momento.

–No podía estar más de acuerdo. No soy una chiquilla que tolere el engaño.

–Jamás te he engañado –dijo Nick en tono seco.

–Si eso es cierto, solo es porque Sarah decidió que temporalmente prefería a Derek que a ti. Pero te lo advierto, Derek –se volvió hacia el otro–, primero fue de Nick. ¿No es verdad, Sarah?

Sarah podría haber mentido. Pero quería que aquella mujer saliera de la vida de Nick.

–Sí, es verdad –respondió Sarah, a cuyas palabras siguió un murmullo de conversaciones por la mesa–. Pero no como implicas tú –continuó Sarah, empeñada en no dejar que aquella bruja manchara la reputación de Nick delante de sus asociados–. Nick siempre ha tenido mi cariño, y siempre lo tendrá. Sin embargo, jamás se ha comportado conmigo como otra cosa que mi protector y mi amigo. Así que estoy de acuerdo con Nick. Si crees que se ha comportado de un modo poco honorable hacia mí entonces debes marcharte; aquí en mi hogar no hay sitio para nadie que no admire a Nick como lo admiraba mi padre y como lo admiro yo. Así que, por favor –dijo mientras se ponía también de pie–, permite que te acompañe a la puerta.

–No –dijo Nick, colocando con firmeza una mano en el hombro de Sarah–. Deja que lo haga yo.

Sarah le dirigió una mirada de agradecimiento mientras se sentaba de nuevo en su silla.

Cuando Nick salía con Chloe de la terraza, Derek

empezó a aplaudir despacio, y enseguida se le unieron otros invitados.

–Impresionante, cariño –dijo Derek en voz baja–. Pero también bastante revelador.

Sarah se volvió rápidamente a mirarlo.

–¿En qué sentido?

–Cualquiera puede ver que estás enamorada de ese hombre.

Sarah suspiró.

–¿Tan claro ha quedado?

–Me temo que sí.

–Ah, vaya.

–Da igual. Dime lo que pasó hace un rato para que te enfadaras tanto. ¿Estaba Nick celoso como decía Chloe?

–Sí.

–¡Lo sabía! –exclamó Derek–. Le gustas, ¿verdad?

Sarah negó con la cabeza.

–No me lo creía cuando me lo dijo. Y no solo últimamente, sino desde que era una adolescente de dieciséis años.

–Vaya. ¿Y tú le has dicho que le correspondías?

–Sí.

–Entonces no lo entiendo –Derek parecía confuso–. ¿Cuál es el problema? Espero no ser yo. Supongo que le habrás dicho que en realidad no soy tu novio, verdad?

–Sí, sí. Fui totalmente sincera con él. Incluso le dije que eras gay.

–¿Y?

–Siguió rechazándome. Dijo que él no era bueno para mí.

–¿Cómo?

–Me dijo que mi padre le había pedido que me protegiera de los canallas de este mundo, de los cuales él se reconoce como el ganador de la medalla de oro.

–Por amor de Dios, ¿es que no se da cuenta de que después de aguantar sin seducirte y acostarse contigo todos estos años se ha convertido en uno de los buenos?

–Está claro que no.

–Esto requiere un plan más enrevesado. Mira, esta noche te sugiero que...

–Basta, Derek –le interrumpió–. Déjalo ya.

–Te estás dando por vencida –dijo en un tono que demostraba su decepción.

–No, sigo adelante. Y también Nick. Ya me ha dicho que está deseando marcharse de aquí.

–Eso es porque no confía en sí mismo cuando está contigo. Le tienes contra las cuerdas, y quiere echar a correr para ponerse a salvo.

–Entonces que corra. Se ha terminado, Derek.

–¿Cómo se puede haber terminado cuando ni siquiera ha empezado?

–¿Podríamos dejar esta conversación y ponernos a comer, Derek?

Derek se encogió de hombros y se puso a comer unas gambas. Sarah hacía lo posible por comer algo cuando Nick regresó a la mesa. Se puso tensa mientras él retiraba la silla y el plato de Chloe; antes de tirar de su silla y sentarse a la mesa.

–Siento mucho lo que ha pasado, Sarah –murmuró mientras sacudía su servilleta–. Gracias por sacar la cara por mí.

–No pasa nada. Chloe no debería haber dicho lo que ha dicho.

–No, no debería. Pero entiendo por qué lo ha hecho; los celos te conducen a hacer... tonterías.

–Sí, lo sé. Siento mucho toda esta charada de hoy, Nick.

–No me refería a ti, Sarah. Me refería a mí mismo.

Ella se volvió a mirarlo, y se miraron a los ojos.

–Entonces estabas celoso, ¿no? –susurró.

–No vamos a hablar más de eso, Sarah –le advirtió con brusquedad–. ¿Ha quedado claro?

Si su tono duro no era lo bastante convincente, sus ojos desde luego lo eran.

–Como que ahora es de día –dijo ella.

–Bien. Olvidémonos de todo lo que ha pasado hasta ahora y vamos a disfrutar de la comida de Navidad.

Sarah se quedó allí sentada en silencio, estupefacta, mientras Nick disfrutaba de la comida con aparente deleite. Se sorprendió aún más cuando se puso a charlar animadamente con el hombre que tenía a su derecha.

¿Estaría fingiendo, o sería cierto que los acontecimientos del día no le habían afectado? Chloe y él llevaban seis meses juntos, y acababa de dejarla en un instante.

¿Acaso no había sentido, no sentía, nada por ella? Estaba claro que no.

A lo mejor Nick tenía razón. A lo mejor era un canalla. Sarah miró a su derecha y disimuladamente le observó comerse media docena de ostras: se llevaba la concha a la boca, echaba la cabeza hacia atrás y se comía el delicioso bocado; después se relamía con deleite.

De tanto mirarlo, ensimismada, Sarah acabó imitando sus movimientos sin darse cuenta.

–No eres capaz de parar, ¿verdad?

–¿Para el qué? –dijo ella con un hilo de voz.

–De tentarme. No, no te molestes en negarlo; ni en defenderte. Todo lo que has hecho hoy nos llevaba a este momento. Muy bien. Has ganado, Sarah. Aunque dudo mucho que por la mañana lo veas como algo positivo.

–¿Pero de qué estás hablando?

Él esbozó de nuevo esa sonrisa fría, críptica.

–Te lo advertí, Sarah. Si insistes en jugar con fuego, tienes que estar preparada para todas las consecuencias.

Capítulo 10

LA tarde se le hizo eterna, ya que no dejaba de preguntarse qué habría querido decir Nick con sus palabras; temiendo su posible significado.

Después de comer, la dejó para hacer de anfitrión, y pasó todo el tiempo con sus invitados para asegurarse de que lo pasaban bien. El café se sirvió junto a la piscina, y algunos invitados se cambiaron para darse un baño. Desgraciadamente, Nick se unió a ellos y salió con un minúsculo bañador negro que enardeció aún más los deseos de Sarah.

Más o menos a esa hora, Derek recibió una llamada al móvil: al final su padre había cambiado de opinión y quería que pasara la Navidad en casa. Encantado, llamó enseguida a un taxi y se marchó. Sarah se alegró por él, pero se quedó más sola y nerviosa que antes.

Desesperada, abandonó la fiesta y escapó a la privacidad de su dormitorio; pero tampoco allí encontró paz. ¿Cómo podía Nick haberle dicho lo que le había dicho, e ignorarla después? Finalmente, no pudo soportar más su soledad y salió al balcón, desde donde se veía perfectamente la piscina... y a Nick.

Él sabía que estaba mirando, Sarah estaba segura, pero siguió ignorándola y prefirió bajar la cabeza y ponerse a nadar. Después de llevar quince minutos por lo menos nadando, Nick salió de la piscina de repente y se enrolló la toalla a la cintura antes de echarle una mirada salvaje; entonces subió las escaleras de la terraza y desapareció bajo el toldo.

Sarah se puso tensa, alerta. Nick subía las escaleras, pero no sabía si era para cambiarse o por otra cosa.

Sarah se agarró a la barandilla del balconcillo mientras se le aceleraba el pulso solo de pensar en que Nick subiera por ella, en que estuviera a punto de poner en práctica lo que le había dicho. No parecía posible que fuera a hacer tal cosa con la casa llena de invitados; pero él le había dicho bien claro que era un sinvergüenza, ¿no?

Sarah no le oyó entrar en su dormitorio, pero sintió su presencia en cada poro de su piel. Cuando se volvió, él estaba a la puerta del balcón. Ya no tenía la toalla enrollada a la cintura. Sarah le había visto muchas veces en bañador, pero nunca en su habitación, y nunca con esa cara.

Se estremeció con el impacto de la misteriosa pasión que ardía en sus ojos negros como el carbón.

–Ven aquí –le ordenó él en voz baja y áspera.

El miedo la paralizó de momento. Pero Nick la sorprendió todavía más cuando se quedó completamente desnudo delante de ella, mostrándole la evidencia física de su deseo.

Bueno, eso sí que no se lo había visto nunca; pero ahora que lo miraba sintió una emoción secreta que le aceleró el pulso.

–Ven aquí –repitió él en tono ronco.

Ella cruzó el balcón como un robot, con la boca seca y el pulso acelerado. Cuando estuvo lo suficientemente cerca, él se adelantó para colocarle las manos sobre las mejillas encendidas, sin apartar la mirada de la suya, mientras inclinaba sus labios sobre los de ella.

Pero no la besó, sino que se pasó la lengua por los labios despacio. A Sarah le pareció tan erótico que cerró los ojos y entreabrió los labios con un suave gemido de placer.

Cuando de repente él le metió la lengua en la boca, Sarah gimió de nuevo. La sorpresa dio paso rápidamente al intenso deseo de besarlo con ardor. La necesidad de darle placer era enorme, pero la de poseerlo era aún mayor.

Se sorprendió cuando Nick retiró la lengua de su boca; pero entonces él le puso las manos sobre los hombros y la empujó para que se arrodillara delante de él.

La sorpresa fue muy breve; porque si eso era lo que él quería, entonces ella también.

El sabor de Nick era limpio, ligeramente salado. Pero el sabor no le importaba a Sarah. El deseo de años acumulado la habían vuelto temeraria y salvaje; y su pasión secreta quedó de pronto desatada.

Después de aquello no recordaría bien cuánto tardó él en alcanzar el orgasmo; solo recordaba la satisfacción propia al verlo disfrutar a él, emocionada por los roncos gemidos que resonaron en el dormitorio, alegrándose de su incontrolada liberación.

Levantó la vista y vio que todavía estaba muy excitado por lo que ella acababa de hacerle. Su cuerpo ardía de deseo, su conciencia corría el peligro de quedar totalmente aniquilada. No le importaba que él fuera o no un canalla. No le importaba que solo estuviera utilizándola. Jamás había estado tan excitada en su vida.

–Te das cuenta de que ya no hay vuelta atrás, ¿verdad? –le dijo mientras la levantaba.

Ella se quedó mirándolo sorprendida, incapaz de formular una respuesta en ese momento.

–Debería haber sabido que me harías esto hoy.

–¿Hacerte el qué? –dijo ella.

–Incitarme a sobrepasar el límite establecido. Crees que sabes lo que estás haciendo, pero no es verdad.

–No soy un niña, Nick.

Él se echó a reír.

–Lo eres comparada conmigo. Pero no hay problema porque me excita que seas relativamente inocente. Casi valdrá la pena si tenemos en cuenta que esto te abrirá los ojos, para hacerte ver la clase de hombres que hay en este mundo, y lo fácil que es para estos seducir a chicas como tú. Espero que para cuando haya terminado contigo, tendrás suficiente experiencia como para protegerte en el futuro.

–No soy tan inocente –le respondió ella.

–¿No? ¿Por qué dices eso? ¿Porque crees que sabes hacérselo a un hombre?

Sarah se puso colorada.

–No voy a decir que no me haya gustado –continuó Nick mientras le acariciaba la mejilla–. Pero me gustará mucho más enseñarte cómo hacerlo bien.

Empezó a tocarle los labios y le metió un dedo en la boca.

–La mayoría de los hombres prefieren que no se les engulla como si fueran comida rápida –le advirtió mientras le deslizaba el dedo por la lengua–. En cuanto domines el arte, podrás amar a un hombre más veces de las que creerías posible. ¿Alguna vez te han hecho el amor toda la noche, Sarah?

Sarah se estremeció repentinamente por las imágenes que evocaba con sus palabras.

—Creo que no —susurró él mientras la contemplaba con los ojos entrecerrados.

Nick le retiró los dedos de la boca, dejándola momentáneamente confusa y extrañamente vacía.

—Pero esta noche lo disfrutarás, amor mío —le prometió él—. Esta noche te llevaré a sitios donde jamás hayas estado. Si es lo que quieres, por supuesto. ¿Lo quieres así, Sarah? Esta es tu última oportunidad de echarme de tu lado.

Ella observó sus ojos entrecerrados, temerosa del poder que ejercían sobre ella.

Pero su deseo superaba su miedo.

—Pues que así sea —dijo él cuando ella no dijo nada—. Solo recuerda que debes asumir las consecuencias de tu decisión.

—¿Qué consecuencias?

—Que un día me habré saciado de ti y seguirás el mismo camino que las demás —dijo Nick con tanta frialdad que daba miedo.

—¿Qué intentas, asustarme?

Él se echó a reír sin humor.

—No, por Dios. Lo que más deseo es tener este cuerpo tan delicioso tuyo a mi disposición diaria hasta por lo menos el final de las vacaciones de verano. Pero mi política es la sinceridad brutal con todas mis novias. Chloe sabía lo que había. Ahora tú también lo sabes.

—¿Puedo decirle a Flora que soy tu nueva novia?

Él frunció el ceño.

—Por supuesto que no.

—Eso pensaba. Quieres que yo sea tu sucio secreto, ¿verdad?

–Tengo orgullo. ¿Acaso tú no? –le dijo con desafío.

Ella levantó el mentón.

–Sí.

–Entonces será nuestro sucio secretito. Si no te gusta eso, dímelo, porque prefiero que lo dejemos ahora. Al fin y al cabo, no has hecho más que probar.

–Eres un pícaro, sí, señor –dijo Sarah.

–Ya te advertí cómo soy. ¿Entonces, qué dices? ¿Cuál es tu decisión final? Puedo dejarte a ti y esta casa lo antes posible... –se acercó a la cama donde estaba el regalo de Derek.

Era un body de encaje y seda negro, comprado con la idea de darle celos a Nick.

–O bien puedes acceder a venir esta noche a mi habitación solo con esto y mis pendientes de diamantes.

Sarah trató de sentir asco hacia él, hacia sí misma, pero no sirvió de nada. En ese momento temblaba de deseo, y nada ni nadie podrían sacarla de aquella mareante emoción. Estaba deseando hacer lo que él le pedía.

No sabía si se estaba comportando como una masoquista o como una chica enamorada que llevaba demasiado lejos sus fantasías románticas.

Sin embargo él no le estaba ofreciendo romanticismo, sino unas semanas de algo que ella nunca había experimentado en la vida. Nick no se equivocaba al decir que todos los amantes que había tenido habían sido jóvenes de poca experiencia.

–¿A qué hora esta noche? –le preguntó ella, mirándolo a los ojos.

No pensaba dejarle creer que la había seducido para que cediera a sus deseos. Iría porque quería, sin miedo, con coraje.

Él sonrió con pesar.

—Siempre supe que tenías temperamento, Sarah. Esa es otra de las cosas que me atraen de ti. ¿Qué te parece a las nueve? Flora y Jim se habrán retirado ya a descansar.

—A las nueve —repitió ella con cierto fastidio.

¡Faltaban aún cuatro horas!

—Sí, lo sé; pero será mejor. Ahora tengo que ir a vestirme —dijo Nick mientras recogía el bañador y la toalla del sueño—. Mientras tanto te sugiero que bajes. La gente podría empezar a preguntarse dónde estamos y concluir que hay algo de verdad en las acusaciones de Chloe. No te olvides de pintarte los labios antes de bajar.

En cuanto salió de su dormitorio, Sarah corrió al cuarto de baño e hizo lo que le había sugerido él.

Capítulo 11

SABÍA que a Chloe no le quedaba mucho –comentó Flora mientras llenaba el lavaplatos por última vez esa noche–. Pero me cuesta creer que Nick haya roto con ella el día de Navidad.

Sarah levantó la vista de la taza de café y vio que las manecillas del reloj marcaban las ocho y veintidós minutos.

–Es un diablo con las mujeres –continuó Flora–, pero nunca pensé que además pudiera ser cruel.

Cosa rara, Sarah estaba de acuerdo con Flora.

–La verdad es que no le quedó otra después de que Chloe lo acusara delante de todo el mundo de tener algo conmigo –le defendió.

Flora hizo una mueca.

–Imagino que no... Pero cuánto me habría gustado estar allí. El primer año que Jim y yo decidimos comer solos en Navidad y mira lo que pasa. Cuéntame qué pasó.

Sarah se encogió de hombros.

–No tengo ni idea. Chloe estaba callada, y de pronto se dio la vuelta y me lo soltó. Nick y yo nos quedamos bastante sorprendidos; todos en realidad.

–Seguro que ha pasado por lo guapa que te has puesto hoy. Se habrá puesto muy celosa.

–Eso es lo que ha dicho Nick.

–Le habrá molestado muchísimo que ella haya dicho algo así delante de sus colegas; pero ya me he enterado de que tú la pusiste en su sitio.

–¿De verdad? ¿Quién te lo ha dicho?

–Uno de los camareros. Me dijo que ha sido la comida de Navidad más interesante que ha servido en su vida.

–Pasé mucha vergüenza; así que me alegro de que haya terminado. El año próximo todo será muy distinto.

Sarah se arrepintió al momento de haber dicho eso, porque en realidad no quería pensar en el año siguiente. No quería pensar en nada que no fuera esa noche.

Pero en cuanto se le metió la idea en la cabeza fue imposible sacársela. Si Nick no le había mentido antes, ya no estaría con ella la próxima Navidad.

–¿No vas a cambiar de opinión? –le preguntó Flora.

–¿Sobre qué?

–Sobre dejar que prepare la comida el próximo año. A lo mejor te parezco anticuada, pero la Navidad no es igual sin el pavo y el pudin de frutas. Y a Nick le encanta el pavo asado.

–Nick seguramente no estará aquí –dijo Sarah con cierta tirantez.

–¿Eh? ¿Por qué no?

–Se marcha en febrero.

–¿Y qué? Lo invitarás a comer el día de Navidad, me imagino. Él y tú sois como hermanos.

–A lo mejor no querrá venir.

–¡Qué tontería! A Nick le encanta pasar aquí la Navidad. Incluso cuando estaban remodelando el complejo turístico de Happy Island también vino a pasar la Navidad a casa. Además, es difícil que él se case y forme una familia propia.

–Cierto –concedió Sarah con pesar mientras bajaba la vista al café–. Eso no va a ocurrir nunca.

Y como no iba a ocurrir, no debía albergar esperanzas en secreto de lo contrario. No iba a enamorarse de ella, por mucho que ella lo quisiera. Ella no sería para él más que una compañera sexual más, un objeto de deseo temporal, una fuente de placer.

Y cuando ese placer empezara a decaer, cuando llegara el aburrimiento, la sustituiría por otra. Nick siempre se había comportado así, y así iba a continuar.

Sin embargo Sarah estaba tan emocionada con lo que iba a pasar esa noche, tan excitada, que no podía mostrarse sensata en ese momento. En realidad, no sabía cómo era posible que pudiera mantener la compostura delante de Flora.

–¿Dónde está Nick, por cierto? –preguntó Flora.

–Subió hace un rato –respondió Sarah con toda la tranquilidad posible–. Dijo que estaba un poco cansado.

–¿Has terminado el café? –Flora fue a retirar la taza.

–Toma. Creo que me voy a la cama también –dijo Sarah con un leve temblor en la voz–. Ha sido un día muy largo.

–Echan una película muy buena a las ocho y media –comentó Flora–. Con ese actor de cine tan sexy...

–Mmm –murmuró Sarah mientras se bajaba del taburete; no sería tan sexy como el hombre con quien iba a pasar la noche–. Buenas noches, Flora. No te preocupes por el desayuno. Pienso levantarme tarde, y tú también deberías hacerlo; pareces cansada.

—Sí, estoy un poco cansada. ¿Y Nick?

—Le diré que se prepare él el desayuno. No creo que se haya ido a dormir tan temprano.

—Sarah, antes de irte, quería decirte que hoy estabas preciosa; y que espero que la próxima Navidad vengas con tu novio de verdad, o con tu prometido, quién sabe. ¿Pasó algo más al final con Derek?

—Esto... no. No le interesé en ese sentido.

—Bueno, no pasa nada; hay muchos hombres. Hala, ve.

—Buenas noches, Flora. Que disfrutes de la película.

—Sí, gracias.

Los modales fingidos de Sarah empezaron a derrumbarse en cuanto salió de la cocina.

—¿Pero qué narices estoy haciendo? —murmuró en voz baja mientras subía las escaleras con paso tembloroso—. Me va a hacer daño, me va a partir el corazón. Lo sé; sé que lo hará.

Sarah se paró delante de su dormitorio, incluso levantó la mano para llamar a la puerta y decirle algo; por ejemplo, que se fuera al infierno.

Pero al oír el ruido de la ducha no fue capaz; Nick se estaba preparando para ella.

Y solo de pensar que él la deseaba se estremecía de emoción. Al fin y al cabo, llevaba años deseando que eso pasara.

No podía ignorar el deseo de Nick; ni darle la espalda a lo que ella sentía y deseaba. Así que Sarah bajó la mano y corrió a su dormitorio.

Solo faltaba media hora, pero él estaba a punto de estallar. Nick se metió bajo el chorro de agua fría de la ducha, y unos minutos después había conseguido enfriar los vapores del deseo; sin embargo el pensamiento iba por otra parte.

Sabía que lo que iba a hacer con Sarah no estaba bien; porque sabía que ella estaba enamorada de él, o pensaba que lo estaba.

—Soy un canalla —se dijo en voz baja mientras salía de la ducha—. No sé por qué me sorprendo.

Pero le había dado a Sarah la oportunidad de escapar, y ella no se había arredrado cuando él había intentado meterle miedo.

No era de extrañar que le hubiera costado tanto controlarse esa tarde, teniendo en cuenta los años que llevaba deseando a Sarah. Pero le preocupaba perder el control; porque desde que ella se había arrodillado delante de él esa tarde lo había perdido totalmente.

Frente al espejo del baño, Nick se prometió que esa noche sería distinto; sería el amante seguro de sí mismo que solía ser, el amante que la transportaría en un viaje erótico que inicialmente podría resultarle romántico a una joven tan inocente como ella.

A la mañana siguiente, Sarah lo vería como lo que era en realidad: un canalla que utilizaba a las mujeres para satisfacer sus propios deseos. Sarah se daría cuenta de que sentimientos más nobles se echarían a perder con él, y sería un paso más para reconocer las maldades del mundo y de los hombres.

Era un modo perverso de protegerla, pero lo cierto era que, en lo referente a Sarah, él siempre había sido un poco perverso. ¿Acaso no la había deseado ya cuando ella había sido poco más que una niña?

Ese deseo por ella le había resultado tan obsesivo como indeseado.

Lo que iba a pasar esa noche era algo inevitable, pensaba Nick mientras terminaba de secarse. Lo único que le sorprendía era haberse aguantado tanto tiempo.

A las nueve, Sarah estaba de nuevo delante de la puerta de la habitación de Nick. El body negro de encaje le quedaba perfecto. Le cubría poco y la parte de atrás terminaba en un tanga.

La puerta se abrió de pronto, sorprendiendo a Sarah. Nick estaba allí con una toalla burdeos enrollada a la cintura, y no parecía muy contento; pero en cuanto la miró de arriba abajo su expresión reflejó aquel deseo ardiente que Sarah tanto deseaba ver y que tanto la emocionaba.

–Sabía que estarías preciosa con eso puesto, pero no imaginaba cuánto.

Sarah se inquietó un poco al ver que Nick estaba preocupado.

–Me has hecho la vida imposible, Sarah –continuó Nick.

–No más que tú a mí –respondió ella.

Fue valiente, teniendo en cuenta que por dentro estaba temblando de miedo.

Él le dio la mano y tiró de ella para que entrara en la habitación, antes de cerrar la puerta.

–Supongo que no habrás cambiado de opinión –dijo en tono seco mientra la llevaba hacia la cama.

–De ser como tú dices, no me habría puesto esto, ¿no te parece? –fingió una valentía que no sentía mientras miraba a su alrededor.

Se fijó en su cama, en la colcha roja ya retirada, en las sábanas de raso negro donde se reflejaba la suave luz de las lámparas de pantalla roja.

Cuando él la levantó en brazos repentinamente, notó su verdadero nerviosismo.

—Estás temblando, Sarah.

—¿De verdad?

—Sin duda —suspiró por segunda vez y cerró los ojos un momento—. ¿Qué voy a hacer contigo?

—Hacerme el amor, espero. Y toda la noche; me lo prometiste, Nick.

Él la miró con fastidio.

—No, Sarah. Eso no es lo que va a pasar aquí.

A ella se le fue el alma a los pies.

—Lo que voy a hacer es practicar contigo el sexo. Yo jamás hago el amor. Practico el sexo con mujeres. Claro que —añadió con una sonrisa sardónica mientras la dejaba despacio en el centro de la cama— será una experiencia sexual de primera.

Alivio y una emoción intensa fue lo que Sarah sintió mientras apoyada la cabeza y los hombros sobre un montón de almohadones de seda. En ese momento, podía llamarlo como quisiera él. Nada de lo que él pudiera decir le impediría a Sarah llegar hasta el final. Porque para ella sería hacer el amor. Para ella, aquella iba a ser la noche más emocionante de su vida.

—Relájate —le dijo Nick con suavidad.

—Yo... creo que estoy un tanto nerviosa —dijo cuando él se tumbó en la cama con ella.

—Sí, ya lo veo.

Nick se puso de lado y empezó a acariciarle el escote, bajando poco a poco hasta casi llegar al pezón. Sarah cerró los ojos y contuvo la respiración.

—¿Tienes los pechos muy sensibles?

A Sarah le molestaba que hablara; ninguno de los amantes que había tenido anteriormente lo había hecho, sencillamente habían pasado a la acción.

—Yo... no lo sé —suspiró Sarah finalmente, ligeramente aturdida.

—Me gustaría comprobarlo... ¿De acuerdo, Sarah...? —le susurró con dulzura.

Sarah aguantó de nuevo la respiración cuando él empezó a bajarle muy despacio los tirantes del body de encaje, hasta dejarle los pechos al descubierto.

—Mmm... Deliciosos —se inclinó y empezó a lamerle el pezón derecho.

Sarah trató de no gritar, pero el placer la aturdía; y cuando Nick empezó a succionarle el pezón y a mordisqueárselo con fuerza, ella no pudo contenerse más y empezó a moverse y a gimotear.

Nick levantó la cabeza. Tenía los ojos brillantes.

—Por muy bien que te quede este body, me gustaría más que te lo quitaras.

Sarah tragó saliva, pero no dijo nada mientras él se lo quitaba y lo tiraba a un lado. Sus ojos, fijos en sus partes íntimas, eran como dos rayos láser.

—Me encanta mirarte —dijo él en tono sensual mientras le acariciaba el monte de Venus antes de deslizarle los dedos entre los pliegues ya húmedos de su sexo.

—Ah —gimió Sarah, sorprendida por las sensaciones que la invadían.

—Qué preciosa eres —arrulló él.

Nick siguió tocándola, le deslizó los dedos un poco más adentro y descubrió zonas erógenas de las que ella no tenía conocimiento. Ella apretó el pubis contra su mano con urgencia, mientras movía la cabeza de un lado al otro y lo miraba con ojos suplicantes.

—Espera, Sarah... —dijo él con voz ronca y los medio cerrados—. Quiero verte cuando alcances el orgasmo.

Sus palabras y su manera de mirarla la excitaron y la precipitaron a un abismo de placer en caída libre. Pero aunque resultó maravilloso, cuando volvió a la realidad, se dio cuenta que no era aquello lo que llevaba toda la vida esperando.

Nick empezó entonces a besarla con mucha dulzura y suavidad.

–No te disgustes –le dijo él entre beso y beso–. Lo necesitabas; estabas demasiado tensa. La próxima vez... La próxima vez estaré dentro de ti... y será mucho mejor, ya lo verás.

Sarah lo miró sorprendida cuando él levantó al cabeza, y Nick sonrió.

–¿No me crees?

–No, no –dijo sin mentir–. Por supuesto que te creo.

–¿Entonces qué ocurre?

–Bueno, Nick, lo siento, pero se me ocurrió que... bueno, que antes de seguir deberíamos pensar en protegernos –Sarah se sintió mal por vacilar y titubear tanto–. Bueno, ya sabes, tú has tenido muchas parejas sexuales.

Su expresión encerraba cierto reproche.

–Sarah, no pensarás que me arriesgaría a dejarte embarazada, ¿verdad?

–En realidad no podrías, porque estoy tomando la píldora.

–Entiendo. ¿Y aun así quieres que me ponga un preservativo?

–No soy tan boba, Nick.

Aunque él pensara que lo era por estar allí con él.

–No tienes por qué preocuparte. Ya me he ocupado de eso. Relájate. Tú no vas a salir de aquí, hasta que tu tío Nick no te dé permiso.

–¡No hables así! –exclamó ella mientras trataba de ahogar un grito involuntario–. No tiene nada de malo que estemos juntos –dijo con desesperación.

–Eso depende de tu definición de «malo» –contestó él mientras empezaba a acariciarle los pechos otra vez–. Pero no importa. Es como lo dije esta tarde –continuó mientras su mano experimentada volvía a jugar en su entrepierna–. Había llegado a un punto sin retorno.

–Yo...creo que estoy a punto de irme otra vez –susurró ella.

–¿Tan pronto?

Ella se retorcía con abandono; no podía soportarlo mucho más.

–No me hagas eso más...

Nick dejó de acariciarla un momento para ponerse un preservativo; y cuando se volvió otra vez hacia ella, empezó a tomárselo todo con calma. Sarah se alegró de que Nick no empezara haciendo ninguna postura extraña; porque quería mirarlo a la cara cuando estuviera dentro de ella, tal y como siempre lo había deseado.

Cuando finalmente Nick la penetró, Sarah trató de controlarse, de contener aquellos gemidos roncos que brotaban de su garganta para no ceder ante la intensa emoción del encuentro. Pero no pudo evitar que se le formara un nudo en la garganta, o de sentir un intenso calor que le quemaba los ojos.

Nick se inquietó.

–¿Estás bien? –le preguntó él mientras le retiraba suavemente el pelo de la cara y la miraba a los ojos–. No te estaré haciendo daño, ¿verdad?

¡Qué ironía decir eso!

–No, no, estoy bien –insistió ella, aunque la voz

le salió un poco chillona–. ¿Te importaría besarme, por favor, Nick? Me gusta que me besen todo el tiempo.

Cualquier cosa para que él dejara de mirarla de ese modo tan reflexivo.

–Será un placer –Nick se inclinó a besarla.

Fue un beso que podría haber sido de verdadero amor, de no haber sabido Sarah que eso era imposible.

Pero qué ávido fue, qué apasionado y sobrecogedor para ella.

Cuando él empezó a moverse al ritmo de su lengua, Sarah olvidó sus frágiles emociones y se dejó llevar por la torrencial experiencia física. Con cada movimiento suyo, sentía el deseo cada vez más caliente en su interior; se sentía excitada y frustrada al mismo tiempo, y quería llegar al orgasmo. Pero cuando los segundos dieron paso a los minutos, Sarah no llegó al clímax, tan solo sentía aquel calor que inundaba todo su cuerpo y le aceleraba el pulso.

–Ayúdame, Nick –sollozó Sarah mientras aspiraba aire.

–Mírame, Sarah –le ordenó él mientras le agarraba la cara con las dos manos y se quedaba quieto, dentro de ella.

Ella lo miró con los ojos muy abiertos, la mirada ardiente, jadeando ruidosamente.

–Sube las piernas y abrázame la espalda con ellas –le aconsejó–. Y muévete conmigo. Levanta las caderas cuando yo empuje hacia delante, y bájalas cuando me retire. No hay prisa, Sarah. Mírame a los ojos y confía en mí...

Que lo mirara a los ojos... No deseaba mirar a otro sitio.

Que confiara en él...

Dios, cuánto deseaba poder hacer eso también.

¿Pero qué estaba haciendo? Nick estaba molesto por su comportamiento. ¿Hacía cuánto tiempo que no se mostraba tan agradable y considerado en la cama?

¿Quién era ese Nick que de pronto se mostraba tan cariñoso?

A Nick no le gustaba ese nuevo Nick. No podía confiar en él. Además, podría darle por pensar que había cambiado. Y eso no era posible. Él era quien era, y jamás cambiaría. Aquello no era más que algo pasajero.

Lo malo era que no estaba seguro de que se le pasara en una noche...

Nick empezó a moverse más deprisa y ella le siguió el ritmo.

El primer espasmo de ella fue tan fuerte que Nick casi perdió el control en ese momento. Consiguió dominarse, y observó maravillado su rostro inundado en una mezcla de sorpresa y pura felicidad. Jamás había visto a una mujer así; y jamás se había sentido con ninguna como con ella.

Finalmente se dejó llevar, y le sorprendió la intensidad de su clímax y la extraña sensación en el corazón cuando ella tiró de él para que se echara encima de ella.

–Oh, Nick... –gritó ella mientras frotaba la cara contra su cuello con ternura–. Oh, cariño...

Nick no dijo ni una palabra; no habría podido. Solo sabía que jamás había sentido nada como lo que había sentido cuando ella le había llamado «cariño».

Estando ella allí acurrucada junto a él, Nick tuvo algo muy claro, y era que ya no quería ahuyentar a Sarah de su lado.

Nick no se engañaba pensando que aquel lado romántico suyo que había descubierto inesperadamente pudiera durar mucho; pero de momento le parecía irresistible. Estaba deseando volver a hacerle el amor a Sarah otra vez para ver la dicha en su mirada.

Pero primero había algo que debía hacer. Se levantó de la cama con cuidado y fue al baño a asearse para volver limpio a la cama. Estaba a punto de despertarla con sus besos cuando empezó a sonar el teléfono que había junto a su cama.

Capítulo 12

SARAH se despertó con el timbre del teléfono. De momento estaba aturdida, pero enseguida supo dónde estaba.

Nick suspiró y se volvió a contestar la llamada.

—¿Dígame? —dijo en tono brusco.

Sarah se tapó con la sábana, se sentó y se retiró el pelo de la cara. ¿Quién podría ser? Esperaba que no fuera Chloe.

—¿Cuánto tiempo lleva así? —preguntó de pronto Nick.

No tenía idea de con quién hablaba ni de qué; pero no le pareció que pudiera ser Chloe.

—No, creo que tienes razón, Jim. No le hagas caso. Hay que llevarla al hospital ahora mismo.

Sarah emitió un gemido entrecortado. ¡Algo le pasaba a Flora!

—No creo que debamos esperar a que venga una ambulancia! —le dijo Nick a Jim con firmeza—. Méte-la en el coche y os llevaré directamente a St Vincent's. Voy a ponerme algo.

Colgó el teléfono, retiró la sábana y saltó de la cama.

—A Flora le están dando dolores en el pecho —dijo mientras avanzaba hacia el vestidor—. Voy a llevarla al hospital.

–¿Puedo ir yo con vosotros? –le preguntó Sarah alarmada.

–No, tardarás mucho en vestirte –dijo él mientras regresaba al dormitorio con los vaqueros ya puestos y una camiseta de rayas en la mano.

–Pero es que...

–No discutamos sobre esto, Sarah –se puso la camiseta rápidamente–. Te llamaré cuando estemos en el hospital.

–¡No te has puesto zapatos1 –dijo Sarah al ver que iba descalzo hacia la puerta–. ¡No puedes ir al hospital sin zapatos!

Nick volvió a ponerse unas zapatillas de deporte y después salió corriendo del cuarto. Sarah le oyó bajar las escaleras y al momento ya no oyó nada.

Sintió náuseas cuando pensó en que la pobre Flora pudiera estar sufriendo un ataque cardiaco. ¡Tal vez falleciera!

Pensó en lo mal que se había sentido cuando a su padre lo había matado un infarto repentino. Aparte del trauma emocional de perder a su padre, le había pesado muchísimo el hecho de que no había podido despedirse de él ni decirle cuánto le quería.

Flora no era su madre, pero la quería. Le daba pena que Nick se hubiera ido sin ella, pero también era cierto que habría tardado más que él en vestirse.

Se le ocurrió que eso no le impedía vestirse e ir al hospital en su coche.

Dicho y hecho. Sarah saltó de la cama en dos segundos y corrió a su habitación. No fue tan rápida como Nick, pero consiguió estar respetable en menos de diez minutos. Tardó unos minutos más en salir porque tuvo que cerrar todas las puertas.

Le costó un poco dar con el hospital, porque llevaba muchos años sin ir; precisamente desde que había muerto su madre. Por fin dio con la calle, y encontró un sitio donde aparcar que no quedaba lejos de la entrada de urgencias.

Acaba de llegar a la sala de espera de urgencias cuando sonó su teléfono.

—¿Nick? —respondió de inmediato al ver su número en la pantalla.

—¿Pero dónde estás? —gruñó él—. Te he llamado a casa y no me contestas.

—No podía quedarme allí esperando, Nick, así que me vestí y me vine para el hospital. Acabo de llegar a urgencias. ¿Cómo está Flora?

—No demasiado mal. Se la llevaron de inmediato y enseguida le dieron medicación. Después le pusieron un monitor para medir el ritmo cardiaco. El médico cree que puede haber sufrido una angina de pecho.

—Pero eso es grave, ¿no? Quiero decir, la angina puede conducir a un infarto.

—Sí, puede. Pero por lo menos la hemos traído aquí, donde le harán más pruebas y le darán el tratamiento adecuado. Ya conoces a Flora. No le gusta ir al médico, y menos estar aquí en el hospital. Voy a asegurarme de que se quede un par de días más, hasta que estemos seguros de cómo está. He llamado a un colega que tiene un tío aquí que es un especialista del corazón. Vamos a pasarla a una habitación privada después de que el médico de urgencias haya terminado con ella.

Sarah se quedó más tranquila.

—Qué bien, Nick. ¿Cómo está Jim?

—Para ser sincero, nunca le he visto tan angustiado —susurró Nick—. Está pegado a la cama Flora, pálido como un muerto. Voy a ver si lo convenzo para que venga conmigo a tomar una taza de té y un pedazo de pastel. Creo que está muy asustado. Mira, Sarah, quédate donde estás y ahora voy por ti y nos vamos todos juntos. Tiene que haber una cafetería aquí en el hospital.

—¿No puedo ver antes a Flora? Necesito verla, Nick.

Quería decirle que la quería; también que volvía a casa para quedarse. Solicitaría trabajo en un colegio más cercano; o mejor, encontraría un trabajo en uno de los colegios de preescolar de la zona. Siempre hacían falta profesoras de infantil con experiencia.

—No se va a morir, Sarah —le dijo Nick con suavidad.

—Eso no lo sabes tú. ¿Y si tuviera una recaída mientras estamos tomando algo? Jamás me lo perdonaría.

—De acuerdo. Sarah, quédate donde estás y voy por ti. Voy a decirle a Jim dónde vamos.

Sarah se sentó en una silla libre que había pegada a la pared. La sala estaba llena de gente; gente que entraba y salía de la sala y muchos esperando ser atendidos.

Había media docena de madres con niños llorando y varios jóvenes con cortes en la cara y en las manos. Todos parecían pobres y desdichados.

Sarah bajó la vista, angustiada por el brutal enfrentamiento con un mundo cruel. Había visto esas cosas antes, pero no el día de Navidad.

—¿Sarah? ¿Estás bien?

Sarah pegó un brinco en el asiento.

—Ay, Nick, cuánto me alegro de que estés aquí —le agarró del brazo y lo llevó aparte.

–¿Te ha molestado alguno de estos gamberros?

–No, no, nada de eso. Solo es que... Ay, Nick, el mundo es un lugar horrible, ¿verdad?

–Puede serlo –dijo con seriedad.

–Tenemos tanta suerte de estar sanos y de ser ricos. Él sonrió con pesar.

–Tienes razón cariño. Vamos, te llevaré junto a Flora.

Al ver los ojos caídos y la tez pálida de Flora, Sarah se alarmó; pero trató de disimularlo.

–¡Qué susto nos has dado! –le dijo en tono ligero mientras se inclinaba para darle un beso en la mejilla.

–Solo ha sido una indigestión –protestó Flora–. Pero nadie me cree.

La enfermera que la atendía miró a Sarah y volteó los ojos disimuladamente, indicando que desde luego no era una indigestión.

Sarah arrastró una silla hasta la cama de Flora y le tomó la mano. La tenía fría, y eso le preocupó un poco.

–Es mejor que nos aseguremos de que no te pasa nada, ya que estás aquí.

–Eso es lo que dicen Nick y Jim, pero de verdad que preferiría estar en casa, en mi camita. Solo necesito descansar.

–Mira, Flora, cariño –empezó a decir Jim en tono débil.

Nunca había llevado los pantalones en casa y no parecía que fuera a empezar entonces.

–Harás lo que te digan, Flora –intervino Nick en tono firme–. Me llevo a Jim a tomar un té. Sarah se va a quedar contigo un rato.

Sarah sonrió a Nick con admiración. El dominio que él había tenido de la situación desde un primer momento le parecía del todo admirable. No se había puesto nervioso, y había actuado con decisión y rapidez.

–¿Tienes algo que contarme, señorita? –le preguntó Flora en suave tono de complicidad.

Sarah no tenía intención de contarle nada. Sabía que, si le contaba que Nick y ella se habían liado, Flora no dejaría de darle la lata.

–Solo quería decirte que te quiero mucho, Flora, y que he sido una egoísta al quedarme tanto tiempo fuera de casa. A partir de ahora todo será distinto, te lo aseguro. Voy a buscar un empleo cerca para poder estar aquí con vosotros, y para asegurarme de que no te echas tanto trabajo encima y de que te cuidas. En este último año he aprendido a preparar muchos platos bajos en calorías, y tú necesitas perder unos cuantos kilos. Si tienes que trabajar, puedes empezar a ayudar a Jim en el jardín. Y vas a empezar a caminar. Todas las mañanas.

–Santo cielo, Sarah, dices lo mismo que Nick.

–Y su interés por ti es tan sincero como el mío. Así que no quiero oír más tonterías de irte a casa antes de tiempo. Mañana va a venir un especialista y te van a hacer unas pruebas más específicas.

–Vaya, ¿tú eres mi pequeña Sarah?

–No, tu pequeña Sarah ya ha crecido.

–Eso ya lo veo. Y también Nick. No te ha quitado ojo durante toda la comida, ni tampoco por la noche.

Sarah miró a Flora con enfado.

–No empieces a hacer de celestina, Flora. Tú y yo sabemos que Nick no es de los que se casa.

–Si hay alguien que pueda hacer que cambie de opinión con respecto a eso, eres tú, Sarah.

Sarah se mordió la lengua para no delatarse, pero por una parte estaba de acuerdo con Flora. Nick no solo había practicado el sexo con ella esa noche, sino que le había hecho el amor con ternura y cariño.

¿Quién sabía? Tal vez existiera la oportunidad de tener una relación de verdad, por mucho que dijera Nick.

—Estás enamorada de él, ¿verdad? —dijo Flora.

Sarah no podía seguir mintiendo.

—Sí —reconoció.

—Entonces ve por él, niña.

—Eso es lo que estoy haciendo.

—¿Y?

Sarah sintió los inicios de una sonrisa traicionera en sus labios.

—Digamos que es un proceso.

—Mmm, me gusta como suena.

—Pues a mí no —interrumpió la enfermera con firmeza—. Le ha vuelto a subir la tensión. Lo siento —le dijo a Sarah—. Creo que será mejor que la paciente descanse un poco. Si quiere, puede ir con las demás visitas a la cafetería y dejar que pase al menos media hora.

Jim y Nick la miraron con curiosidad cuando entró en la cafetería; Jim particularmente ansioso. Ella no tuvo el valor de decirle que a su esposa le había subido la tensión, y en lugar de eso le dijo que la enfermera había dicho que quería que Flora descansara tranquilamente al menos durante media hora.

—Si quieres algo, tienes que pedirlo en la barra —le dijo Nick.

—No quiero nada —respondió Sarah.

—No seas tonta, seguro que tendrás un poco de hambre. Te traeré café y un pedazo de pastel.

Jim no dijo nada mientras Nick se levantaba y volvía a los pocos minutos con una taza de café y un pedazo de tarta de zanahoria. Estaba callado, con la mirada perdida y expresión ausente.

–No te has terminado la tarta, Jim –dijo Nick mientras se sentaba.

Jim se volvió hacia Nick con los ojos vacíos de expresión.

–¿Qué has dicho?

–La tarta; tu tarta, Jim.

El hombre negó con la cabeza.

–No me la puedo tomar.

–Flora no se va a morir, Jim.

–¿Pero y si se muere? –le dijo el hombre con voz lastimera–. No puedo vivir sin ella. Ella es todo lo que tengo.

–Lo sé, Jim –Sarah le puso la mano en el brazo y le dio un suave apretón–. Pero no tendrás que vivir sin ella; al menos de momento. Esta vez hemos estado al tanto; y a partir de ahora cuidaremos de ella mucho mejor.

A Jim se le llenaron los ojos de lágrimas. Sarah había visto llorar a su padre en el funeral de su madre; y las lágrimas de Jim le hicieron pensar en aquel momento junto a la tumba de su madre, y los sollozos desgarradores de su padre mientras bajaban el ataúd.

–Es que estoy tan preocupado –sollozó Jim.

–Todos lo estamos, Jim –dijo Nick con suavidad.

–Nunca pensé que me casaría –empezó a decir Jim con un hilo de voz–. A los cuarenta años, era un solterón en toda regla. No era feo, pero tampoco la clase de hombre a quien persiguieran las mujeres. Flora solía comprar en el mismo supermercado que yo. No estoy seguro de por qué le gusté, pero así fue. Cuando me quise dar cuenta, estábamos prometidos.

A Sarah le entraron ganas de llorar al ver las lágrimas de Jim.

–Es lo mejor que he hecho en mi vida.

Siguió un silencio cargado de emoción. Todos continuaron comiendo y tomando sus cafés sin decir nada. Sarah notó que los que ocupaban el resto de las mesas tampoco hablaban mucho.

Las cafeterías de los hospitales, sobre todo de noche, no eran sitios muy animados.

Cuando volvió la mirada de nuevo hacia la mesa, Nick la estaba mirando. Quería preguntarle qué estaba pensando, pero bajó la vista y no dijo nada.

Nick no podía creer que se le estuvieran pasando aquellas tonterías por la cabeza. La conmovedora historia de Jim de cómo Flora y él se habían enamorado debía de haberle afectado más de lo que pensaba, porque de pronto se le ocurrió que eso precisamente lo que él tenía que hacer... casarse con Sarah.

Una idea fatal; incluso peor que la de ceder ante el deseo y acostarse con ella. Además, no podría darle hijos, que era lo que Sarah más deseaba en el mundo.

Ese último pensamiento asentó el ánimo curiosamente desasosegado de Nick, reafirmándole en su resolución de no dejar que aquel lío entre Sarah y él pasara de lo sexual.

Y haría bien en no alargarlo demasiado; cortar antes de que ella cumpliera veinticinco años.

Solo estaría seis semanas con ella, y eso no sería suficiente para agotar un deseo que llevaba tantos años creciendo en su interior; un deseo que se le había ido de las manos. A pesar de todo lo que había pasado la noche anterior, estaba deseando volver a casa para acostarse con ella otra vez. Eso ponía de relieve todavía más la clase de hombre que era él:

con toda seguridad, el menos adecuado para casarse con una encantadora muchacha como Sarah.

—Creo que deberíamos volver a la habitación, a ver si saben algo más.

La abrupta sugerencia de Nick devolvió a Sarah al presente.

—Por lo que ha dicho la enfermera, me parece que no quieren que entremos a verla —le dijo ella—. Me parece que es mejor que me vaya a la cama. Mañana voy a venir a ver a Flora y a traerle algunas cosas que a lo mejor le hacen falta.

—Ah, qué buena idea —dijo Nick.

—Yo me quedo aquí —dijo Jim, testarudo—. Me voy a quedar con mi esposa. Me han dicho que puedo.

—Pues claro —lo tranquilizó Nick—. Yo también me voy a quedar hasta ver qué dice el médico; y por la mañana vendré con Sarah.

Nick se puso de pie primero y fue a sujetar el respaldo de la silla de Sarah cuando ella fue a levantarse.

—A mi cama —le susurró—, no a la tuya.

Ella se quedó de piedra. ¿Cómo podía pensar en el sexo en ese momento?

Pero cuando abrió la puerta de casa y subió a su dormitorio, la idea de volver a estar con Nick empezaba a excitarla. Se dijo que era tan pícara como él; y que debería estar muerta de preocupación por Flora en lugar de muerta de deseo por él.

Nick la llamó desde el hospital un rato después para confirmarle que había sido una angina de pecho y no un infarto; y Sarah se quedó un poco más tranquila.

Se dio una ducha y perfumó su cuerpo con aceites esenciales, antes de meterse entre las sábanas de raso.

Sarah quería creer que había amor detrás de todo aquello, pero empezaba a preguntarse si no sería solo puro deseo lo que sentía por ella. Jamás había experimentado el placer sexual que había experimentado con Nick esa noche; y quería más.

Cuando oyó el motor del coche de Nick entrando en el camino de la casa, ya estaba muy excitada; y cuando él entró en el dormitorio y se desnudó, ardía en deseos de hacer el amor con él.

Esa vez ninguno de los dos habló. Su unión fue ardiente y salvaje, como la de dos animales, y en pocos minutos alcanzaron el clímax. Después se abrazaron, sudorosos y calientes.

—No me he puesto un preservativo —susurró él.

—Lo sé —respondió ella.

—Lo siento.

—No te preocupes —le dijo ella, sorprendiéndose a sí misma con la respuesta—. Me ha gustado mucho.

Eso era decir poco, muy poco. Había disfrutado de las embestidas de su miembro duro y caliente sin la barrera del preservativo, y también cuando él se había vaciado en sus entrañas.

Él la miró; tenía los ojos brillantes.

—Pero no creas que estás segura, Sarah. Acabas de abrir la puerta de la mazmorra.

Ello buscó su mirada.

—¿Qué mazmorra?

—El lugar donde todos estos años he escondido mis fantasías sexuales contigo.

Sarah abrió los ojos como platos.

—No te imagines jamás que estoy enamorado de ti —continuó él—. El amor no puede cohabitar en un lugar tan siniestro. Ahora, duérmete. Estoy agotado.

Capítulo 13

¿TE apetece beber algo, Sarah?

Sarah volvió la cabeza. Acababan de despegar del aeropuerto de Mascot y el avión surcaba ya las nubes.

–Sí, gracias –le dijo a Nick y a la azafata que estaba a su lado–. ¿Qué puedo tomar?

–¿Te apetece una copa de champán? –le sugirió Nick.

–¿A las siete y cuarto de la mañana?

–¿Por qué no?

–Nick, eres tremendo –sonrió–. De acuerdo, una copa de champán.

–¿Y usted, señor? –le preguntó la azafata.

–Tráigame lo mismo.

Le encantaba la risa de Sarah; en realidad, toda ella. No había artificio en Sarah, ni fingía sofisticación. Era tan distinta a las mujeres con las que él salía que el cambio le resultaba refrescante.

En cuanto la azafata le dio su copa de champán, Sarah se volvió a mirar por la ventanilla, como una niña en su primer vuelo.

Mientras esperaba a que le dieran su copa, Nick la observó. Esa mañana parecía una muchacha de dieciséis años; apenas iba maquillada y llevaba un sencillo vestido de verano blanco y negro.

Nick detectó un brillo de complicidad en la mirada de la azafata cuando le pasó la copa de champán. Sin duda le tendría por un corruptor de menores.

Pero le daba lo mismo lo que ella o cualquiera pensara al respecto; estaba tan ofuscado con Sarah que incluso se estaba planteando en alargar el romance con ella.

Claro que si pasaban un mes practicando el sexo en su casa de Happy Island a lo mejor conseguía recuperar la sensatez.

Como habían estado muy ocupados yendo al hospital a visitar a Flora y a gestionar su recuperación, tampoco había tenido tiempo de saciar su sed por Sarah.

Afortunadamente, el especialista había localizado la causa de la angina: una pequeña obstrucción arterial para la que no había hecho falta que Flora pasara por el quirófano. Cuando el médico le había sugerido que su paciente se fuera de vacaciones, Nick le había ofrecido a la pareja su ático de lujo en Gold Coast, donde tenían todo al alcance de la mano. La pareja habían aprovechado la oportunidad de irse de vacaciones con todos los gastos pagados, y el día de Nochevieja, hacía ya tres días, Nick los había llevado al aeropuerto.

Sarah y él se habían quedado solos en casa.

Mientras tomaba un sorbo de champán, Nick pensó en la noche de Nochevieja. Después de unos días de abstinencia, estaba deseando disfrutar del precioso cuerpo de Sarah; y se había deleitado con pícara egolatría de la transparencia de sus deseos por él.

Esa noche Nick no había podido saciar sus deseos por ella; ni ese día ni al día siguiente. Cosa rara, no había querido probar un montón de posturas distintas y se había contentado con estar con ella en la cama.

La siguiente noche, sin embargo, ella había echado el freno diciendo que estaba agotada, y había dormido sola en su cama de niña con su colcha rosa.

Al ver su determinación, Nick no había discutido. Pero no se había quedado a gusto; y esa misma noche había decidido que a la mañana siguiente trataría de convencerla para que lo acompañara a Happy Island, donde no podría escapársele.

Menos mal que no había cancelado los billetes de avión que había sacado para Chloe y él.

La reacción de Sarah a su invitación durante el desayuno había sorprendido a Nick.

–No esperarás que me marche de vacaciones al mismo sitio donde pensabas ir con Chloe.

Nick había tenido que esforzarse todo el día para hacerle ver que no la estaba tratando como una sustituta de Chloe. Terminó de convencerla cuando le dijo que nunca se había llevado ni a Chloe ni a ninguna otra novia a Happy Island, y que ella sería la primera mujer que compartiría con él su casa de verano.

Era verdad y mentira al mismo tiempo. Había invitado a Chloe a pasar un fin de semana en septiembre, pero ella se había intoxicado con algo que había comido en el avión y había pasado los dos días en la cama de la habitación de invitados, descansando o leyendo.

Como no había hecho nada con ella, Nick decidió que esos días no contaban.

Después de acceder a acompañarlo a la isla, Sarah había vuelto a sorprenderlo la noche anterior cuando le había dicho que quería dormir otra vez en su habitación. Le había dicho que necesitaba dormir bien esa noche, ya que tenían que levantarse muy temprano.

Nick se había despertado antes de que sonara su despertador, con un deseo por ella que sentía más ardiente que nunca.

Pero pronto volvería a tenerla para él solo en un sitio donde ella no tenía dónde escapar ni dónde esconderse.

—Ay, ya no veo nada —dijo Sarah en tono nostálgico mientras se recostaba de nuevo en el asiento.

Aún no había probado el champán.

—Está todo lleno de nubes.

Nick sonrió.

—Cualquiera que te viera diría que es la primera vez que montas en avión.

—Hace años que no lo hago, la verdad.

Finalmente dio un sorbo de champán.

—¿De verdad?

—No me quedaba mucho dinero para irme de vacaciones, teniendo que pagar el alquiler, el coche y otros gastos.

Nick frunció el ceño.

—Podrías haberme pedido algo de dinero para irte de vacaciones —le dijo—. Nunca estuve de acuerdo con la idea de tu padre de dejarte el dinero justo para vivir.

—Seguramente fue bueno para formar mi personalidad. Al menos no soy una chica consentida.

Nick se quedó pensativo, sabiendo que desde luego ella no era así; y no quería que estando con él cambiara su forma de ser. Él quería enseñarla, educarla, no corromperla. Detestaría que se volviera como Chloe, que solo pensaba en su propio placer.

–¿Por qué pones esa cara? –le preguntó ella–. Estás preocupado por Flora y Jim, ¿no? Anoche hablé con ellos y están felices de poder estar en la casa de Gold Coast. Ha sido una idea estupenda la de prestarles el ático. Muy generosa también.

–Vamos Sarah, sabes muy bien que no fue la generosidad lo que inspiró mi oferta. Más bien lo hice por egoísmo. No los quería en medio, nada más.

–Tú no eres el único –Sarah se puso colorada.

Su reacción despertó en él un deseo tan intenso que hasta el miembro le dolía.

–Ojalá pudiera besarte ahora mismo –susurró Nick.

–¿Y por qué no puedes? –le preguntó ella con las mejillas sonrosadas.

–Porque no querría pararme ahí –respondió Nick entre dientes–. Y acabaríamos haciendo el amor en el avión.

Ella arrugó la nariz con asco.

–Nunca me vas a convencer para hacer eso. Practicar el sexo en un avión siempre me ha parecido algo de muy mal gusto.

–¡Bueno, bueno! –dijo Nick, alzando su copa.

«Sarah nunca será como Chloe», se decía Nick con alivio.

Después de Sarah, le iba a resultar muy difícil volver a estar con chicas como Chloe.

Mientras Sarah bebía un poco de champán se preguntó si Nick estaría de acuerdo con ella. Tal vez la viera remilgada, ya que siempre decía de sí mismo que era un seductor.

Sin embargo, salvo el primer encuentro cuando él la había incitado a arrodillarse delante de él, sus encuentros sexuales con él no habían sido en absoluto raros. Apasionados, sí, pero no pervertidos.

En Nochevieja Nick había sido muy romántico, algo que él le había advertido que jamás sería.

Sarah tenía la opinión de que las personas eran buenas o malas, dependiendo de cómo le permitiera uno que fuesen. Sin duda eso se aplicaba también a los niños. Había descubierto durante sus años de maestra que si normalmente esperaba más de sus alumnos, ellos no solían decepcionarla; sobre todo los más traviesos, los «niños malos».

Nick era un niño malo. Pero a pesar de lo que hubiera hecho en el pasado, no era malo al cien por cien. Su padre se había dado cuenta de su valía, había esperado mucho de Nick, y este no le había fallado, no le había decepcionado.

Era cierto que, desde la muerte de Ray, había perdido un poco el norte; Sarah no podía negar que se había ganado la fama que tenía de playboy. Las mujeres habían sido relegadas a juguetes sexuales durante tanto tiempo que seguramente era una tontería por su parte creer que algún día cambiaría de vida. Junto a ella, además.

Una tontería enorme. Pero el amor era ciego, sordo y tonto, ¿no?

¿Si no, por qué estaba allí ocupando el asiento que él había reservado para Chloe? En el fondo, si Chloe no hubiera metido la pata el día de Navidad, habría ocupado el asiento que ella ocupaba.

Esos pensamientos tan pesimistas irritaron mucho a Sarah. ¿Acaso no había decidido la noche anterior que debía ser positiva y no negativa; contemplar la invitación de Nick de compartir un mes con él como el primer paso hacia una relación más seria?

Aparte de explorar la química sexual que se produ-
cía entre ellos dos, Sarah se había prometido a sí
misma que reviviría aquel vínculo tan especial que
había surgido entre ellos todos esos años atrás, cuando los dos habían estado tan solos.

Esperaba que, aparte del sexo, pudieran hablar
de cosas importantes, de cosas que tuvieran sentido; que Nick le hablara de sí mismo y ella también
a él.

–No te bebes el champán –comentó Nick.

Sarah le dirigió una sonrisa pesarosa.

–Es un poco temprano para champán, la verdad.
Creo que habría preferido un café.

–El privilegio de las mujeres es cambiar de opinión –le dijo amigablemente mientras apretaba un
botón para llamar a la azafata.

A Sarah le encantaba su determinación, su actitud
positiva. Nick era un líder natural, algo que su padre
había comentado a menudo.

Estaba convencida de que sería un marido y un
padre estupendo. ¿Pero lo creería también Nick?

–Tengo que confesarte algo –dijo él después de
llegar el café.

A Sarah se le encogió el estómago.

–Espero que no sea nada que pueda disgustarme.

–No hay razón para que esto te disguste.

–Entonces, adelante.

–He leído todas tus felicitaciones de Navidad; las
que tienes en el tocador.

Ella se relajó.

–¡Ah...! ¿Cuándo?

–Ayer, mientras te duchabas.

–¿Y?

–No creo que haya visto jamás palabras tan elogiosas. «Es un placer estar en compañía de la mejor profesora del mundo», y todo lo demás...

Sarah se echó a reír.

—Bueno, es un poco de exageración; pero es verdad, soy bastante buena.

—¿Y aun así lo has dejado?

—Solo ese colegio. Buscaré otro puesto más cerca de casa; seguramente en un colegio de preescolar. Me gustan mucho los niños pequeños; tienen una mente tan abierta...

—Yo no tengo paciencia con los niños.

—Eso les pasa a muchos hombres; pero cuando tienen hijos, cambian.

Él la miró con curiosidad.

—A mí no me va a pasar eso; porque no pienso tener hijos propios.

La expresión de Sarah no delató su sorpresa.

—¿Y eso por qué?

—El ser un buen padre es algo que pasa de generación en generación. El único ejemplo que yo he tenido de un padre no es algo que me gustaría transmitir.

—No todos las personas que han sufrido maltrato en su infancia tiene por qué ser maltratadores en su vida de adultos, Nick —le dijo ella con tacto.

—Tal vez no. ¿Pero por qué arriesgarnos? Hay suficientes niños en el mundo. No echarán de menos el mío.

—A lo mejor cambias de opinión cuando trates a alguno.

Él se volvió a mirarla con fastidio.

—Te has traído las píldoras, ¿verdad? No me digas que quieres intentar atraparme con el viejo truco del embarazo. Porque no funcionará, Sarah. Conmigo no.

La frialdad que vio en su mirada consiguió que Sarah se estremeciera. Pero se negaba a renunciar a él. Al menos de momento.

—No tengo intención de atraparte con ningún embarazo, Nick. Y sí, sí que me he traído las píldoras. Tú mismo me la puedes meter en la boca cada día, si quieres.

—A lo mejor lo hago, sí.

—¿Siempre te ha dado tanto miedo dejar a una mujer embarazada?

—Digamos que tú eres la primera mujer con la que he practicado el sexo sin preservativo.

—Es agradable saber que soy única.

Él sonrió con pesar mientras negaba con la cabeza.

—Bueno, en eso tienes razón, desde luego. Venga, tómate el café antes de que se te enfríe y tenga que llamar otra vez a la azafata.

Sarah se tomó el café rápidamente, deseosa de retomar la conversación. Tardarían un par de horas más en aterrizar en Happy Island, y eso le daba la oportunidad de tener a Nick sentado a su lado. A Sarah no se le ocurría mejor oportunidad que esa para averiguar todo lo que siempre habría deseado saber sobre él; porque una vez en Happy Island no tendrían mucho tiempo para hablar.

—Háblame de ti, Nick –dijo ella cuando dejó la taza sobre la mesita abatible–. De tu vida antes de empezar a trabajar con mi padre. Siento curiosidad.

—Yo nunca hablo de esa etapa de mi vida, Sarah.

—Pero eso es una bobada, Nick. Yo ya sé algunas cosas. Sé que tuviste un padre horrible y que te escapaste de casa y viviste en la calle cuando solo tenías trece años. Y sé que a los dieciocho te metieron en la cárcel por robar coches.

–Entonces ya sabes suficiente, ¿no?

–Esos son los hechos en sí. Quiero que me des los detalles.

–Desde luego sabes elegir el momento –suspiró Nick.

–Creo que tengo derecho a saber más cosas del hombre con quien me estoy acostando, ¿no te parece? Tú solías hacerle a mis novios el tercer grado.

–Pero yo no soy tu novio. Soy tu amante secreto; y los amantes secretos son a menudo hombres de mucho misterio...

–Lo siento, pero ya no eres mi amante secreto. Anoche le dije a Flora que estábamos juntos.

–¿Cómo has dicho?

Sarah se encogió de hombros.

–He dicho «lo siento».

–Sí, claro. Eres una descarada y una conspiradora.

Sarah vio que no estaba tan enfadado como quería dar a entender. Y ella no tenía intención de echarse atrás.

–Entonces, ¿me vas a contar la historia de tu vida, o no?

–¿Tú crees que estás preparada para ello, chiquilla?

–No insultes mi inteligencia, Nick. Es posible que yo no tenga tanta experiencia como tú en ese sentido, pero veo las noticias por la noche y sé leer. Sé cómo es el mundo real, así que nada de lo que digas me va a sorprender.

Qué afirmación tan inocente, pensaba Sarah mientras escuchaba la horrible historia de la vida de Nick durante la media hora siguiente.

Su madre se había largado cuando él era demasiado pequeño como para acordarse de ella, su padre había sido un borracho, un vago y un violento que había enseñado a su hijo a robar cuando solo tenía cinco años y que le pegaba un día sí y otro no. Sarah se quedó horrorizada cuando Nick le contó que no solo le había dado puñetazos y bofetadas, sino que también le había golpeado con correas y quemado con cigarrillos.

Naturalmente la educación formal de Nick había sido muy limitada, ya que había faltado a menudo a la escuela; pero como era listo había aprendido a leer y a escribir. El amor, por supuesto, había sido para él una emoción desconocida. Se había creído afortunado porque al menos le habían dado de comer, ya que entonces la supervivencia era lo más importante.

A los trece años, en plena pubertad, había pegado un estirón enorme que le había permitido llegar a tener casi la misma altura que su padre. Y cuando su padre le había golpeado, por primera vez Nick le había devuelto los golpes.

No se había escapado de casa como Sarah había creído; su padre le había echado solo con lo puesto.

Se había quedado en un refugio durante un tiempo, pero había tenido la mala suerte de acudir a uno que estaba dirigido por alguien que no tenía verdadero interés en ayudar sino en quedarse con su salario.

Después de marcharse de allí, Nick había dormido en edificios en ruinas y conseguido dinero del único modo que sabía: robando. No robaba en tiendas, sino que solía forzar la cerradura de los coches y llevarse el contenido.

No había querido unirse a ninguna banda, ni confiar en nadie salvo en sí mismo. Había hecho algunas amistades, todos ellos chulos, prostitutas o traficantes de drogas. Inevitablemente, él mismo había empezado a abusar de las drogas, que en ese momento habían hecho más soportable su existencia.

Pero las adicciones pedían dinero; de modo que había empezado a robar en casas y a robar coches.

–Una noche –empezó a decir Nick–, cometí un error y me pillaron. Entonces fui a la cárcel, conocí a tu padre y el resto ya lo sabes.

Sarah estaba a punto de echarse a llorar.

–Oh, Nick...

–Te lo advertí.

–Pero sobreviviste a eso.

–Deja que te cuente lo que es sobrevivir de ese modo –le dijo él en tono seco–. Solo piensas en ti mismo; te conviertes en una persona dura, fría y capaz de cualquier cosa. Cuando conocí a tu padre en la cárcel, él no me importaba en absoluto; solo lo que pudiera hacer por mí. Lo vi como la oportunidad de escapar y me agarré a ello como pude. Cuando finalmente salí de la cárcel y me puse a trabajar de chófer de tu padre, él me parecía un cretino. No le quería nada.

–Pero al final acabaste queriéndolo –dijo ella–. Tú mismo lo dijiste.

–Acabé respetándolo, sí. Eso no es lo mismo que querer.

–Entiendo...

–No, tú no lo entiendes. No puedes entenderlo porque no has vivido lo mismo que yo. Te lo he dicho una vez, y te lo diré de nuevo. Los hombres como yo no somos capaces de amar a nadie.

–No lo creo –murmuró ella–. No eras tan malo cuando te viniste a vivir con nosotros; conmigo siempre fuiste amable.

–¿De verdad? ¿O solo intentaba estar a buenas con el jefe?

Sarah frunció el ceño. Nunca lo había contemplado desde ese ángulo.

–Maldita sea, no me mires así. De acuerdo, me gustabas, sí; eras una niña adorable.

–Sigo gustándote –dijo ella con una sonrisa de alivio.

–Sí. Sigues gustándome.

No era mucho, pero Sarah se sintió mejor. De pronto todo se le antojaba más sencillo. Aun así, sintió que era mejor cambiar de tema.

–¿Has sabido algo de tu película?

Nunca había visto a Nick tan confuso.

–¿Cómo?

–¿No habías dicho que esa película donde habías invertido tanto dinero salía en Año Nuevo? Pues ya estamos a tres de enero; hace ya tres días que ha pasado Año Nuevo.

Nick se dio cuenta. Su escabroso pasado era demasiado para Sarah. Ojalá no sacara otra vez la conversación; porque prefería dejar su pasado allí, guardado en la mazmorra de su pensamiento.

–Se estrenó ayer con críticas variadas –le dijo–. Hasta dentro de unos días no se sabrá la opinión del público.

–¿Cómo se llama?

–*Regreso al desierto*. Es una segunda parte de *La novia del desierto*. El guionista es el mismo.

–Entonces tendrá éxito. A todos los que les gustó *La novia del desierto* irán también a ver esta.

–Es lo que esperamos.

–¿Es buena? Las segundas partes no siempre son buenas.

–Creo que esta sí lo es.

–¿Pero los críticos no lo creen?

–A algunos les gustó; otros aborrecieron el final porque es muy trágico.

–¿Quién muere? Espero que no sea Shane.

–No, Brenda.

–¡Brenda! Imposible. No puedes matar a la protagonista de un romance; tiene que haber un final feliz, Nick.

–Tonterías. Muchas historias de amor no acaban bien.

–Solo las escritas por hombres –dijo con pesar–. ¿Cómo muere Brenda?

–Le pegan un tiro cuando salva a su hijo de los malos –dijo a la defensiva, como si eso lo arreglara todo.

–No hay excusa posible. Sencillamente, no puede morir. ¿No podían haberla herido?

–Tenía que morir. No era buena para Shane. Su historia de amor era falsa y su matrimonio un desastre en ciernes. Ella detestaba vivir en el campo. Le amenaza con volver a la ciudad y llevarse al niño cuando de pronto aparecen los malos de su vida anterior. La segunda parte no es una historia de amor, Sarah, es un drama.

–Puedes llamarlo como quieras; suena fatal de todos modos.

–Gracias por el voto de confianza.

El capitán anuncio turbulencias y pidió que todos se abrocharan el cinturón, terminando de momento con la acalorada discusión.

–Típico –dijo Nick mientras ajustaba el cierre.

–¿A qué te refieres? –le preguntó Sarah mientras

se agarraba a los apoyabrazos cuando de pronto el avión se estremeció.

—Enero es época de ciclones sobre todo por esta zona.

—Ojalá me lo hubieras dicho antes. Podríamos habernos quedado en casa, y más teniendo en cuenta que Flora y Jim se han marchado.

—Quería enseñarte Happy Island.

—¿La isla en sí o la casa de lujo?

Nick sonrió.

—Un hombre tiene derecho a presumir delante de su novia, ¿no crees?

A Sarah le dio un vuelco el corazón.

—Me has llamado «novia»...

Nick se encogió de hombros.

—Me reservo el derecho de invalidar el título si te pones grosera conmigo.

—Solo me pongo grosera cuando viene un ciclón; y también histérica.

Nick se echó a reír.

—Y me lo dices ahora. No te preocupes. Mi casa está construida a prueba de ciclones. En realidad, hace varias décadas que Happy Island no sufre el azote de ningún ciclón, aunque a veces llueva mucho o soplen vientos huracanados. Desgraciadamente, a lo mejor tendremos que quedarnos dentro de casa durante varios días seguidos —añadió con un brillo de picardía en la mirada.

Sarah sonrió.

—Menos mal que me he traído los juegos de mesa, ¿no?

Nick protestó.

—No, el Monopoly no, por favor. Siempre me ganabas.

—El Monopoly y el Scrabble y las damas chinas. Me los encontré en el fondo del armario cuando estaba haciendo la maleta.

Al ver la cara de Nick, ella le dio un codazo en las costillas de broma.

—Vamos. Nos divertíamos un montón jugando a esos juegos.

—Ahora que somos mayores, tenía otros juegos en mente.

Sarah negó con la cabeza.

—Si crees que estas vacaciones van a ser nada más que una orgía, estás muy equivocado. He traído unos folletos de Happy Island de la agencia de viajes y hay un montón de cosas que hacer.

—¿De verdad? ¿Como qué?

—Aparte de hacer una excursión para ver todos los lugares de interés de la isla, me gustaría tomar un barco e ir a la barrera coralina; y quiero montar en helicóptero para ver las Whitsundays desde el cielo. También se puede practicar el windsurf y comprar souvenirs en las tiendas. Ah, y jugar al minigolf. En eso me puedes ganar. También he visto fotos de una preciosa playa de arena blancas y aguas azul brillante donde me gustaría ir a nadar.

—No harás eso —dijo él negando con la cabeza.

—¿Por qué no?

—Por el irukanji.

—¿El qué?

—Son medusas asesinas. Si te pican, te puedes pasar días en el hospital. Y desde el 2001 han fallecido dos personas a causa de las picaduras. En verano es cuando más hay.

—Entonces, nada de nadar.

—En realidad, puedes meterte en el agua si llevas

un traje de neopreno; pero no son especialmente bonitos. Aun así, no debes preocuparte. No conozco otro sitio donde haya más piscinas que en Happy Island. La mía es fabulosa, y se calienta por medio de placas solares, además.

–No lo dudaba.

Él sonrió divertido.

–Nunca te falta una respuesta, ¿verdad?

–Yo nunca he dicho que sea perfecta.

–Solo casi –dijo él mientras se inclinaba a darle un beso en la mejilla.

Ella se volvió a mirarlo de frente.

–Pensaba que habías dicho que no me ibas a besar.

–¿Y a eso le llamas beso? Ya te enseñaré lo que es besar cuando lleguemos a mi casa.

Ella se estremeció al ver el deseo en su mirada.

Aquello era lo que ella siempre había deseado, que él la mirara de esa manera. ¿Pero sería suficiente ser el objeto de la pasión de Nick? Sinceramente, ella deseaba más; quería un final feliz. Y sobre todo quería el amor de Nick, aquello que él decía que jamás le daría a nadie.

–Puedes relajarte ya –dijo Nick–. Hemos pasado la turbulencia.

A Sarah se le encogió el corazón mientras se decía, atormentada, que las turbulencias acababan de empezar.

Capítulo 14

LA belleza de Happy Island impresionó mucho a Sarah. El piloto dio una vuelta a la isla para aterrizar, dejando que gozaran de las espléndidas vistas.

¡Aquello sí que era un paraíso tropical!

Las playas y bahías eran mágicas y los edificios construidos con respeto hacia el medio ambiente se confundían maravillosamente con el verdor de la lozana vegetación.

Cualquier preocupación derivada de su relación quedó olvidada con la emoción que sintió ante tanta belleza. Sería fantástico disfrutar de unas románticas vacaciones allí con el hombre al que amaba; fantástico tenerlo para ella sola durante un mes.

Por lo menos, siempre tendría aquel maravilloso recuerdo.

–No tenemos prisa en bajar –le dijo Nick cuando todos los demás se levantaron corriendo de sus asientos–. No hay cinta de equipajes, solo una sala para recoger las maletas donde aparcan los autocares de todos los complejos turísticos.

–¿Vamos a tomar un autocar?

–No. Tengo un carrito de golf aparcado en el aeropuerto.

–Ah, sí, lo he leído en el folleto. Dice que no hay

muchos en la isla y que todo el mundo se mueve en eso.

—Eso es.

—¿Lo puedo conducir yo?

—Claro.

—¡Ay, qué divertido!

Finalmente Sarah y Nick bajaron del avión; Sarah se alegró al ver que no hacía tanto calor fuera como había temido.

—¿No te parece que no hace tanto calor?

—Es cierto. Pero el hombre del tiempo ha dicho que van a subir las temperaturas a finales de semana, y que habrá también más humedad. El sábado por la tarde se esperan tormentas con lluvias abundantes y viento fuerte.

—¿Y cómo sabes todo eso?

—Lo miré anoche en Internet.

—Espero que no te hayas traído el portátil.

—No hay necesidad. Tengo todo un equipo montado en casa.

—¿Pero hay algo que no tengas aquí? —dijo Sarah una hora después.

Estaba en el salón principal de la casa de Nick, mirando por una pared de cristal la piscina más maravillosa que había visto en su vida. Se llamaba piscina horizonte, ya que el final de la misma no parecía tener bordillo y se juntaban el agua y el cielo como hacía el horizonte con el mar.

—Me ha costado lo mío —dijo Nick.

—¿La piscina o toda esta casa?

La casa no era demasiado grande, solo tenía tres dormitorios, pero todo estaba bellamente decorado en tonos verdes y azulados que complementaban el entorno tropical.

–Lo que más costaron fueron los cimientos.

Sarah entendió por qué. La casa estaba construida en la ladera de una bahía. Todas las habitaciones poseían enormes ventanas o paredes de cristal desde donde se divisaba el mar u otras islas. Era un cristal especial, resistente también a las tormentas, según le dijo Nick, y suavemente tintado para suavizar cualquier resplandor.

–Tardaron dos años en construirla –dijo Nick–. La terminaron el mes de junio pasado.

–¿De verdad? –dijo Sarah.

Por eso Nick no había llevado a ninguna de sus novias allí. En realidad no había tenido oportunidad. Sin embargo, le agradaba pensar que ella era la primera chica que estaba allí con él; y la primera en compartir el precioso dormitorio principal.

–Es espectacular, Nick –Sarah sonrió con calidez–. La vista también.

Nick le rodeó la cintura con el brazo y tiró de ella.

–Espera verlo al amanecer.

Cuando le dio la vuelta hacia él, Sarah sabía que la iba a besar; y esa vez nada podría detenerlo. Pero ella tampoco pondría objeción alguna, porque cuando él acercó sus labios a los suyos, el corazón le latía ya aceleradamente.

–No creo que te vaya a dejar deshacer la maleta –le dijo Nick un buen rato después–. Me gustas así.

Por fin habían llegado al dormitorio principal, aunque la ropa de Sarah seguía en el suelo del salón, y también la de Nick.

Sarah suspiró con placer mientras Nick le acariciaba el estómago despacio.

–Tú también me gustas así –le respondió ella en tono adormilado.

Cada vez hacían mejor el amor, cada vez eran

más atrevidos. En ese momento, Nick estaba tumbado detrás de ella y le acariciaba los pechos y le pellizcaba los pezones.

–Ah... –gimió ella, sorprendida por la mezcla de placer y dolor.

–Te ha gustado –le susurró él al oído con voz ronca.

–Sí... no... No sé...

–A mí sí... –dijo él, y lo repitió.

Ella gimió y se retorció, pensando que a ella también le gustaba.

–Házmelo otra vez –le urgió ella sin aliento.

Él hizo lo que le pedía, provocándole un placer urgente y turbador. Nick, que estaba excitado otra vez, la penetró con más ahínco que antes.

–Sí... –gemía ella mientras una espiral de placer se enroscaba en sus entrañas–. Sí, sí... –gritó mientras su cuerpo se desmembraba con un clímax intenso.

Nick le dio la vuelta, la agarró de los pechos y la echó para atrás para que se colocara de rodillas y con las manos apoyadas sobre la cama. Sarah había pensado que había terminado, pero estaba equivocada. Cuando él empezó a flotarle el clítoris, le sobrevino el segundo orgasmo. Esa vez él también alcanzó el clímax con una explosión fuerte y caliente. Ella hundió la cara en la almohada y él se derrumbó sobre ella.

Permanecieron unos minutos allí tumbados, sudorosos y jadeantes.

–¿Lo ves? –susurró Nick–. Una mujer puede alcanzar el clímax varias veces seguidas. Podría hacer que pasaras todo el día así si me dejaras.

Sarah se sintió desfallecer solo de pensar en ello.

–Creo que en este momento me hace falta darme una ducha –dijo con voz temblorosa.

–Mmm. Qué buena idea. Voy a dármela contigo.

Capítulo 15

NICK estaba tumbado junto a Sarah, que en ese momento dormía. Él, sin embargo, no dejaba de pensar.

Su plan de hartarse de Sarah en la cama no le estaba funcionando. Parecía que, cuanto más estaba con ella, más la deseaba.

En las treinta y seis horas que habían pasado desde su llegada, apenas habían salido del dormitorio salvo para comer algo, lo mínimo, o para darse algún chapuzón.

Parecía que antes de él la vida sexual de Sarah había sido poco imaginativa y bastante limitada, algo que le sorprendió, pero que también lo llenó de satisfacción por ser casi el primer amante de una mujer.

Al mismo tiempo, la falta de experiencia de Sarah le preocupaba; porque las jóvenes inocentes como ella se enamoraban fácilmente.

Aunque no le había dicho que lo amara, se lo habían dicho sus ojos llenos de adoración. Y aparte de notarlo, Nick había disfrutado con ello.

¿Sería esa la razón que había detrás de su creciente adicción por ella? ¿Que no se tratara solo de sexo, sino de lo que ella le hacía sentir cuando él le estaba haciendo el amor?

¿Qué sentiría si la tuviera para siempre a su lado, en su cama; si le pusiera una alianza en el dedo; si hiciera de ella su compañera ante la ley?

Tonterías, se dijo Nick. Una auténtica locura.

Se dio la vuelta, se apoyó sobre un codo y aprovechó para pasear la mirada por su cuerpo sensual. Pero antes de darse cuenta estaba acariciándola, despertándola, deseándola. Gimió de deseo cuando ella le abrió los brazos con un dulce suspiro de rendición.

«Dime que no, maldita seas», pensaba él mientras se hundía entre sus piernas.

Pero ella no dijo nada.

Sarah salió de la cama con cuidado para no despertar a Nick. Se había hecho de noche y por fin él dormía profundamente.

Se puso la bata de seda y fue a la cocina a comer algo, ya que en dos días solo habían comido lo suficiente para sobrevivir y de pronto tenía un hambre feroz.

Media hora y dos platos preparados después, Sarah fue al salón y se acurrucó en el sofá azul para tomarse tranquilamente la taza de café que se había preparado.

Debería imponerse para que al menos salieran de casa en algún momento. No estaba bien quedarse allí todo el tiempo haciendo el amor.

Sarah hizo una mueca. Tal vez no estuviera bien, pero ella no podía negar que se sentía muy bien; mejor de lo que se había sentido nunca.

Sin embargo ya era suficiente. Al día siguiente insistiría en que se vistieran y fueran a algún sitio.

Después de todo lo que había comido, Sarah no tenía sueño. No quería ver la televisión para no despertar a Nick, pero podría leer un rato. En una de las estanterías que flanqueaban el mueble donde estaban la televisión y el equipo de música, había unos cuantos libros de bolsillo.

Sarah dejó el café sobre una mesa y cruzó el salón. Solo había un título que le apetecía leer, *Vestida para matar*, una novela de suspense que prometía muchas sorpresas y momentos de emoción.

Sarah se llevó sin duda una sorpresa cuando al abrir el libro vio un nombre escrito a mano en la parte superior de la primera página: Chloe Cameron.

Se le paró el corazón mientras contemplaba el odiado nombre allí escrito, mientras su mente quedaba inundada por un sinfín de horribles pensamientos; el primero que Nick le había mentido. Chloe había estado en Happy Island con él; ¿cómo si no iba a estar allí ese libro? A Nick no le gustaba leer.

Las repulsivas imágenes de Nick y Chloe haciéndolo en distintas partes de la casa empezaron a agobiarla; porque todas esas cosas las había hecho también con ella.

El dolor fue demasiado fuerte, al igual que la humillación. ¡Qué fácil había sido engañarla! ¡Menuda tonta enamorada!

Hasta allí habían llegado. Agarró el libro con las dos manos y regresó al dormitorio hecha una furia; encendió la luz principal y cerró la puerta dando un portazo.

Nick se despertó asustado.

—¿Qué pasa?

Ella le tiró algo. Un libro que le golpeó en el pecho antes de que le diera tiempo a atraparlo.

–Dijiste que nunca la habías traído aquí –le soltó Sarah con rabia–. Me mentiste, canalla.

Nick se dio cuenta entonces de lo que pasaba.

–No es lo que piensas –se defendió.

Ella soltó una risotada seca y amarga.

–¿En qué sentido, Nick?

–No me acosté con ella.

Ella se echó a reír de nuevo.

–¿Y esperas que me lo trague?

–Chloe se intoxicó en el avión y estuvo todo el fin de semana en la cama de la habitación de invitados.

–Si eso es verdad, ¿por qué no me lo dijiste antes? Yo te diré por qué –dijo ella antes de darle oportunidad de contestar–. Porque te habrías arriesgado a no tener lo que querías, que era que ocupara el lugar de Chloe estas vacaciones. Mejor decirme que soy única y especial, hacerme creer que venir aquí contigo era algo que no hacías con cualquiera. Lo mires por donde lo mires, Nick, me has mentido por egoísmo propio.

A Nick no le gustaba que lo acorralaran; siempre acababa peleando.

–¿Y tú no has hecho lo mismo? –contraatacó él–. Creo recordar que el día de Navidad me dijiste en el despacho que lo único que querías de mí era sexo. Está claro que esa no es la verdad, ¿no? Quieres lo que siempre has querido: casarte, Sarah. Por eso has sido tan condescendiente todo el tiempo. ¡Y esa es la razón por la que ahora estás tan disgustada!

Ella estaba colorada de vergüenza, y el dolor que vio en sus ojos le hizo sentirse fatal.

–Si eso es lo que piensas de verdad, Nick –empezó a decir–, entonces no puedo quedarme aquí contigo. Sencillamente, no puedo.

Nick nunca se había sentido tan mal, ni siquiera en la cárcel. Pero era por el bien de los dos. Él no le convenía en absoluto; mejor que lo dejaran antes de que ella sufriera más.

–Si eso es lo que quieres –le soltó él.

–Lo que quiero... –ella negó con la cabeza y bajó los hombros al tiempo que se le escapaba un suspiro–. Jamás voy a conseguir lo que quiero. Contigo no. Ya lo veo claro –se puso derecha, echó los hombros para atrás y levantó la cara–. Siento haberte tirado el libro, Nick. En general, has sido sincero conmigo; a veces demasiado sincero. He sido yo la que no quería oír lo que me decías.

Nick se sentía aún peor. Sintió la tentación de saltar de la cama para abrazarla; quería decirle que era él quien lo sentía, que ella era única y especial y que deseaba casarse con ella.

Pero se resistió a la tentación.

De algún modo lo consiguió.

–Yo... Me voy a llevar las cosas a una habitación libre para pasar la noche –continuó–. Mañana por la mañana veré si puedo volver a Sidney.

–Bien –dijo él mientras retiraba la sábana–. Ahora, si me perdonas, tengo que ir al cuarto de baño.

Capítulo 16

SARAH no podía dormir. No solo estaba muy disgustada, sino que también tenía calor. El parte meteorológico no se había equivocado; en las últimas horas habían subido las temperaturas, y el aire acondicionado no era suficiente para paliar la intensa humedad.

Al final, Sarah se levantó, se puso el bikini rosa que se había comprado antes de Navidad, buscó una toalla y salió a la piscina. ¿Qué más daba que fuera de noche y que todo estuviera tan oscuro? El fondo de la piscina estaba iluminado.

La fuerza del viento la sorprendió, y para que no se volara la toalla tuvo que pillarla con las patas de una tumbona; la misma tumbona donde Nick y ella habían hecho el amor el día anterior.

Sarah se tiró al agua para no pensar en ello y empezó a dar vigorosas brazadas de un lado y al otro de la piscina, esperando cansarse lo más posible para quedarse dormida en cuanto volviera a la cama.

Sabía que no sería fácil, de modo que continuó machacándose largo tras largo. Pero finalmente no pudo continuar más y nadó hasta donde estaba la hamaca al otro lado de la piscina.

Se puso a tiritar de frío al salir el agua. El viento soplaba con mucha más fuerza que antes, y Sarah se dio cuenta de que la tormenta estaba cerca. Esperaba que no durara mucho, porque no quería que el aeropuerto estuviera cerrado al día siguiente. Necesitaba alejarse de la isla y de Nick lo antes posible.

Sarah se estaba agachando para retirar la toalla cuando una fortísima ráfaga de viento levantó por los aires una mesa con sombrilla que había cerca y la golpeó en la espalda.

Sarah gritó cuando el viento la catapultó con fuerza más allá del borde que se unía con el horizonte. Gritó cuando se golpeó en el hombro contra el repecho de más abajo donde caía el agua, y gritó de nuevo cuando la fuerza del impulso la empujó al vacío.

Nick estaba tumbado encima de la cama, totalmente despierto, cuando oyó los gritos aterrorizados de Sarah. Se puso de pie en un instante y corrió en dirección al lugar de donde venían sus gritos: la zona de la piscina.

La luz de emergencia ya estaba encendida, indicando que Sarah debía de haber salido hacía poco; pero no la vio por ninguna parte.

De pronto, vio la mesa y la sombrilla al final de la piscina.

–¡Ay Dios mío! –exclamó Nick, pensando que Sarah estaba dentro del agua, inconsciente por el golpe y ahogándose.

Cuando Nick se zambulló y no la vio, nadó hasta el extremo y se asomó al repecho más abajo para ver si la veía allí, esperando a que él la rescatara.

Un miedo feroz se apoderó de él cuando vio que el repecho poco iluminado estaba también vacío. El

mero pensamiento de que pudiera haberse precipita-
do a las aguas rocosas más abajo le resultó tan horrible que apenas pudo concebirlo; porque nadie podría
sobrevivir a una caída tal.

—¡No! —gritó al viento.

No podía estar muerta; su Sarah no; su preciosa y
maravillosa Sarah no.

—¡Nick! ¿Nick, estás ahí?

Nick estuvo a punto de gritar del alivio que sintió.

—Sí, estoy aquí —respondió mientras bajaba al repecho con cuidado—. ¿Dónde estás? No te veo.

Empezaba a acostumbrarse a la oscuridad, a pesar de lo mucho que le lloraban los ojos por el fuerte
viento.

—Aquí abajo.

—¿Dónde?

Se inclinó todo lo que pudo hasta que por fin la
vio agarrada a una roca del acantilado unos metros
por debajo del repecho. Pero no era a una roca donde
se agarraba, sino a un arbusto algo enclenque que
nacía de la roca.

—¿Puedes apoyar el pie en algún sitio?

—Bueno, sí, pero me parece que se va a soltar el
arbusto. Ay, sí, Dios mío, está cada vez más suelto...
¡Haz algo, Nick!

Nick sabía que estaba demasiado lejos para al-
canzarla. Necesitaba algo largo para que ella pudiera
agarrarse. ¿Pero el qué?

De pronto pensó en la sombrilla de la piscina. Era
bastante grande y el palo de hierro largo.

—Espera, Sarah. Tengo una idea.

Volvió a la piscina, agarró la sombrilla, tiró de
ella y volvió al repecho.

–Toma –dijo mientras trataba de dirigir el palo hacia ella–. Agárrate a esto.

Ella hizo lo que le decía.

–Agárrate fuerte –le ordenó.

Su peso le sorprendió al principio; pero Nick se sentía fuerte, más fuerte de lo que se había sentido jamás. Y al momento la tenía allí, entre sus brazos, llorando de miedo y alivio.

Nick la abrazó con fuerza, con los ojos cerrados.

–Tranquila, ya estás a salvo.

–Ay, Nick... Creí que iba a morir.

Nick la abrazó todavía más, porque él había pensado que había muerto. Aquel fue el momento más crucial de su vida. Entendió lo que había sentido Jim en el hospital; porque igual que Jim amaba a Flora, él amaba a Sarah. Oh, sí, la amaba. Ya no le cabía ninguna duda.

¿Pero qué cambiaba eso? ¿Acaso Sarah no estaría mejor sin él?

Ya no sabía qué pensar.

–Yo... no puedo dejar de temblar –a Sarah le castañeteaban los dientes.

–Estás en estado de shock, es normal –le dijo él–. Lo que necesitas es darte un baño caliente y tomar un té calentito con mucho azúcar. Pero primero tengo que sacarte de aquí con mucho cuidado...

Sarah no podía dejar de pensar en esos momentos en los que había pensado que iba a perder la vida. Al enfrentarse uno a la muerte así entendía lo que era y no era importante; y cuando uno sobrevivía a una experiencia tal, estaba más dispuesto a arriesgarse.

–Aquí tienes el té –le dijo Nick, entrando en el baño.

Sarah estaba metida en la bañera de agua caliente con el bikini rosa puesto. Sin embargo, Nick seguía desnudo.

–¿Te podrías poner algo? –le pidió ella cuando él le dio la taza.

Sarah sabía que le costaría hablarle si estaba desnudo; y quería hablar con él con sinceridad, con sensatez.

Nick se enrolló una toalla a la cintura.

–¿Te vale así?

–Sí, gracias. No te vayas, Nick, por favor... Tengo... tengo algo que decirte.

Sarah dio un sorbo y dejó la taza en el borde de la bañera.

–He decidido que no quiero volverme a casa mañana.

Él se sorprendió.

–¿Y eso por qué, Sarah?

–Te amo, Nick. Siempre te he querido. No estabas equivocado cuando dijiste la razón por la que he venido aquí contigo. Pensaba que, si pasábamos unos días juntos, tal vez te darías cuenta de que a lo mejor sientes algo por mí, de que también me amas. Y fantaseaba con que tal vez terminarías pidiéndome que me casara contigo.

Él se apartó de la pared donde estaba apoyado.

–Sarah, yo... –empezó a decir.

–No, déjame terminar, por favor, Nick.

–Muy bien.

–Tal vez hayas adivinado mis razones para venir contigo. Pero te equivocas si piensas que he utilizado el sexo para conseguir lo que quería. Cuando he accedido a acostarme contigo, no ha sido con ningún plan en mente. Me encanta que me hagas el amor. Jamás he vivido nada parecido. No sé cómo describir lo que siento cuando estás dentro de mí, y no quiero renunciar a ese placer, Nick. Así que, si aún me quieres aquí, me gustaría quedarme... Yo, te prometo que no volveré a mostrarme celosa. Solo quiero estar contigo, Nick –concluyó con voz angustiada–. Por favor...

Cuando vio que a Sarah se le llenaban los ojos de lágrimas, Nick no pudo soportarlo más. El verla de ese modo le estaba matando.

–No llores –sollozó él mientras se arrodillaba junto a la bañera–. Por favor, Sarah, no llores.

–Lo siento –sollozó ella–. Solo es que... es que te quiero tanto…

Él rodeó su precioso rostro con las dos manos.

–Y yo también te quiero, cariño.

Ella gimió de sorpresa.

–Me he dado cuenta esta noche cuando pensé que te había perdido. Te amo, Sarah. Y sí que quiero casarme contigo...

Ella lo miró con una mezcla de extrañeza y escepticismo.

–Nick... no lo dices en serio... es imposible. Tú siempre has dicho...

–Sé lo que he dicho siempre. Pensaba que no era lo suficientemente bueno para ti.

–Oh, Nick. Eso no es cierto.

–Sí, lo es –insistió él–. Pero, si confías en mí, te prometo que haré lo posible para no hacerte daño jamás, para no decepcionarte ni a ti ni a tu padre. Te seré fiel solo a ti. Te amaré y protegeré. Y amaré y protegeré a nuestros hijos.

Ella, que ya estaba sorprendida, se asombró aún más.

—¿Quieres tener hijos?

—Te daré hijos, cariño, porque sé que los defectos que tenga como padre quedarán compensados por tu habilidad como madre.

—Nick... no debes decirme cosas tan bonitas —sollozó.

—¿Por qué no? Las digo muy en serio.

Ella lo miró llorosa.

—Las dices en serio, ¿verdad?

—Claro que sí, amor mío.

—Yo... no sé qué decir.

—Dime que te casarás conmigo, para empezar.

—Oh, sí, sí —dijo ella.

Él la besó y, cuando se apartó de ella, Sarah sonreía.

—Me alegra comprobar que tenía razón —dijo Sarah.

—¿En qué? —le preguntó Nick.

—En que la protagonista de una historia de amor nunca muere.

Epílogo

NO crees que a la gente le puede resultar extraño –dijo Flora– que tengas una dama de honor de sesenta y un años?

–¿Y a quién le importa lo que piensen los demás –respondió Sarah–. Además, estás preciosa.

Era cierto. Unas cuantas semanas de dieta y ejercicio habían hecho milagros; lo mismo que su nuevo cabello rubio. Flora se había quitado diez años de encima.

–No tan preciosa como la novia –respondió Flora con una sonrisa cariñosa–. Me alegro tanto por Nick y por ti, cariño. Estáis hechos el uno para el otro, desde siempre. A Ray le habría complacido mucho, lo sé. Y también por el bebé.

–Eso creo –dijo Sarah, radiante de felicidad.

Se había olvidado tomar la píldora la mañana después del traumático incidente en Happy Island; y así era como se había quedado embarazada. Al principio había temido un poco la reacción de Nick; pero él se había mostrado encantado con la noticia.

Parecía que la madre naturaleza sabía lo que hacía.

Y allí estaba, embarazada de casi cuatro meses, a punto de casarse con el padre de su bebé y único hombre que había querido en su vida. Sin embargo, ya no era una heredera millonaria. El día antes de cumplir veinticinco años había hablado de sus sentimientos acerca de la herencia con Nick y decidido hacer lo que en su día había dicho que debería haber hecho su padre, que era donar todo su dinero a la caridad.

Y así había dividido todos los millones de su patrimonio entre varias instituciones que ayudaban a los pobres y a los necesitados.

Claro que no se quedaba sin nada. Seguía siendo dueña de Goldmine, que valdría unos veinte millones; aunque también era cierto que ella nunca vendería la casa. Y luego estaban los derechos de autor de *La novia del desierto*, que no dejarían de llegar, ya que la película se había reeditado tras el éxito mundial de la segunda parte. Nick no se había equivocado con el trágico final.

Pero sobre todo sería Nick el que alimentaría a la familia, y eso en sí era motivación suficiente para seguir trabajando y sintiéndose bien consigo mismo. Sarah prometió no olvidar jamás que bajo la fachada de seguridad y confianza en sí mismo de su marido se escondía un niño herido que necesitaba constantemente el poder curativo del amor. De su amor.

Los golpes a la puerta del dormitorio precedieron a la voz conocida.

—Es hora de que la novia haga acto de presencia. No queremos que el novio empiece a inquietarse, ¿verdad?

Sarah abrió la puerta muy sonriente.

—¡Caramba! —dijo Derek mientras la miraba de arriba abajo—. En momentos como este desearía no ser gay. Y no me refiero solo a la novia.

—Ah, vamos —dijo Flora sonriendo de oreja a oreja.

Derek se había convertido en un visitante frecuente en Goldmine, y Nick y él se habían hecho amigos. Derek se había ilusionado mucho cuando Sarah le había pedido que la entregara en matrimonio.

–Muy bien, chicas –dijo mientras le daba el brazo a Sarah–. Es la hora del show.

–¡Caramba! –exclamó Jim cuando una señora rubia elegantemente vestida entró despacio en el enorme salón–. ¿No es esa mi Flora?

–Sí que lo es –le informó Nick a su padrino.

Pero él solo tenía ojos para la radiante novia que iba detrás de Flora. Nick se emocionó al ver que Sarah avanzaba hacia él con una sonrisa radiante; una sonrisa de amor y confianza en él, ese amor y esa confianza que habían apaciguado su alma y curado sus heridas.

A ratos, a Nick le resultaba difícil creer que estuviera contento de casarse y tener un hijo. Sin embargo, junto a Sarah cualquier cosa era posible.

–Estás impresionante –le dijo en voz baja mientras le tomaba de la mano y se volvían hacia el oficiante.

–Y tú también –respondió ella en el mismo tono.

–Ray se habría sentido muy orgulloso de ti.

Ella le apretó la mano con fuerza.

–Y también de ti, amor mío. También de ti.